体面

DIGNITY

余耕 著

天津出版传媒集团
百花文艺出版社

图书在版编目（ＣＩＰ）数据

体面 / 余耕著. -- 天津：百花文艺出版社，2025.
1. -- ISBN 978-7-5306-8936-3

Ⅰ. I247.5

中国国家版本馆 CIP 数据核字第 202400PV95 号

体面

TIMIAN

余耕　著

出 版 人：薛印胜

责任编辑：朱佳瀛　　装帧设计：丁莘苡

出版发行：百花文艺出版社

地址：天津市和平区西康路 35 号　邮编：300051

电话传真：+86-22-23332651（发行部）

　　　　　　+86-22-23332656（总编室）

　　　　　　+86-22-23332478（邮购部）

网址：http://www.baihuawenyi.com

印刷：天津联城印刷有限公司

开本：880 毫米×1230 毫米　　1/32

字数：125 千字

印张：6.25

版次：2025 年 1 月第 1 版

印次：2025 年 1 月第 1 次印刷

定价：46.00 元

如有印装质量问题，请与天津联城印刷有限公司联系调换
地址：天津市宝坻区新安镇工业园区 3 号路 2 号
电话：(022)29937958
邮编：301800

▍目录

体面

一

余光明推开门，像往常一样咳嗽一声，空荡荡的客厅里传来回声。若在半年前，老婆梁筱筱十有八九会从厨房走出来，笑盈盈地说一句："饭菜马上好，洗手去！"

梁筱筱也有不出来的时候，不出来肯定是锅里油开了，她不敢撇下。梁筱筱比余光明早退休三年，三年来她已完全适应新生活，清空双开门电冰箱，每天拉着小拖车去一趟菜市场，还骄傲地宣布要让余光明每天吃上新鲜蔬菜和不过夜的海鲜。梁筱筱退休前，买菜做饭的活儿都是余光明的，他做了三十多年从无怨言。梁筱筱退休第二天就宣布要从头学习做饭，她去书店买了两本菜谱，不到一个月时间，就能做出一桌像模像样的家常菜。

每天从早市回来，梁筱筱会在社区小广场上跟大哥大姐们聊会儿天，不敢聊太久，怕小拖车里的蛤蜊和海兔子缺氧变质。新鲜的海兔子肉质紧实，吃起来有回甘。蛤蜊更不消说，别说死掉的，就是活力不足、不再吸水喷水的，吃到嘴里味道都不爽。梁筱筱回到家，会把蛤蜊和海兔子分两个盆泡上，用的也是从商贩那里讨来的充氧海水。待到下班时间，在海水里浸泡的海兔子依旧新鲜，蛤蜊也在一吸一吐中涤净沙子，纯正青岛口味的饭菜便在余光明进门十分钟后端上餐桌。

余光明喜欢喝酒，每天晚上都会喝上两口。他不介意菜肴，只要有钉螺就行，每一口钉螺都得嗞出响儿。一杯原浆啤酒喝干后再"吱喽"一声嗞一只钉螺，别提多惬意。腌钉螺是梁筱筱从电视上学到的。腌制两天的钉螺最好，钉螺汤正好有滋有味，钉螺肉也被调料煞紧，肉和壳之间留下能发出"吱喽"一声脆响的间隙。

余光明喜欢喝啤酒，还得是青岛第一啤酒厂的原浆，青岛人简称一啤。原浆啤酒不能上午买，余光明大概晚上六点一刻到家，梁筱筱会在下午五点买回家，正好不耽误烧菜。她说刚出压力桶的原浆啤酒太凉，喝下去会刺激肠胃，必须提前一小时出压力桶。梁筱筱干了近二十年护士长，凡是涉及健康方面的不良嗜好，决不肯向余光明妥协，余光明就是这样戒掉烟的。

半年前，准确说是六个月零七天前那个周五上午，梁筱筱像往常一样在镇江路市场上挑选食材，一样一样过完秤，把它们装进蓝色格子的帆布折叠小拖车里。小拖车立起来，能当小板凳临时坐一坐，这是余光明给她买的。镇江路市场距家一公里左右，其间经过四个路口，还有大段的上下坡路，小拖车给梁筱筱节省了很多体力。小拖车用了不到两周，社区小广场上的大哥大姐们就都知道这是余光明买的了。每逢遇到熟人聊天，梁筱筱就会说起老余给她买的小拖车，还会不厌其烦地立起小拖车坐上去演示。

梁筱筱拖着蓝格子小拖车经过离家最近的路口时，刚踏上斑马线，一辆崭新的电动轿车飞驰而来，"砰"的一声闷响，梁筱筱和她的蓝格子小拖车一起飞了出去。钉螺和海兔子撒满了路口，散落在地上的蛤蜊还在往外喷水，一股细细的水线落下时，溶化了路边铁箅子上一小块血渍，混成污水流进下水道。

站在冷清的客厅门口，余光明明白再也等不到笑盈盈走出来的梁筱筱。他蹲下身脱换鞋子时，两颗泪跌落在地板上，他赶忙用手搓一把脸，一屁股坐上门口矮凳。这只矮凳是梁筱筱给他买的，余光明左腿膝盖长年积水，蹲着脱换鞋子不便。矮凳也是在镇江路市场上买的，只花了十五元，板材用的是老榆木，还是实打实的卯榫结构。梁筱筱时常给余光明传授砍价技巧，她说卖矮凳的老板开口要价三十元，要直接拦腰砍到十五元，即便是老板退让到二十元、十八元，只要不松口，老板最后就会按照坚持的价格卖。

手机铃声把余光明拽回了现实。电话是儿子打来的，问他在干什么。余光明说在跟朋友们喝酒。儿子说不要喝多了，要按时回家睡觉，路远了就打车回家，不要舍不得花钱。余光明一一应承，儿子例行公事般挂断电话。儿子余家辉早年去美国留学，一直读到博士，毕业后便留美工作，在硅谷一家芯片公司做研发工程师。对于儿子留在美国一事，余光明满肚子牢骚。他觉得是国家培养了儿子，儿子学成后就该回来报效祖国，不该为美国人工作。余家辉却是铁了心要留在美国，他说科学无国界,因为每一项科研成果都会造福全人类,就像瑞典人诺贝尔发明了炸药,全世界都在使用。余光明反驳说炸药是中国的四大发明,全世界都是在跟着中国人沾光。余家辉向父亲解释,说火药和炸药是两种完全不同的化学物质,其区别相当于风筝和飞机。余家辉解释到这里,余光明就开骂了,要不是梁筱筱在一旁连拉带劝,他差不多要对儿子动手,全然不顾儿子的美国女友第一次登门。余家辉的女友叫琼斯,在硅谷另一家公司工作。琼斯第一次到青岛,余家辉本来订了离家不远的香格里拉酒店,可琼斯想拉近与中国公婆的关系,坚持住在家里。

一年后,余家辉和琼斯结婚了。婚礼在美国举办,余光明因为签证出了问题,没能参加。婚礼当天,余家辉跟父母视频连线。梁筱筱在视频里哭成泪人,她做梦都没想到自己连儿子的婚礼都参加不了。挂断视频,余光明感叹道,就当没这个儿子了。

梁筱筱去世时,余家辉一个人飞回来给母亲奔丧。余光明问他琼斯怎么不回来。余家辉说琼斯去欧洲出差了,赶不过来。婆婆死了,儿媳妇因为出差不回来戴孝奔丧,这事儿在青岛会被人笑话的。余光明心里这样想着,对儿子和洋儿媳的成见越发深了。

二

终于熬到退休年龄,"熬"是余光明学来的。同事老岑大他一岁，退休前两年天天嘴里念叨着"可算熬到头了"。办理退休手续那天，老岑兜里装着一包软中华烟，逮谁给谁敬，一副二婚办喜事的样子。四个部门签字盖章，老岑两个钟头就弄完了，第二天就带着老婆自驾去了临沂。

到余光明办退休手续那天，他心里有些七上八下不落靠。别人一上午就能办完，他却办了整整一天，甚至臆想着突然出来一个文件，说老技术工人可以延迟五年退休。他随后摇摇头，否定自己的臆想，因为在铁路上扳道岔实在算不上技术，只要有点儿责任心，谁都可以干。以前是机械扳道岔，扳道工还需身强力壮，后来改成电子扳道岔，只要能认清楚几号轨道的按钮就能完成。拎着一兜子零碎杂物走出铁路局办公大院，余光明几近落泪，忙招手拦住辆出租车，生怕被熟人撞见。其实，在铁路局办公大院门口，余光明几乎遇不到熟人，因为这里是局机关，而他一辈子都待在十九公里外的铁道班房里。

在工友口里，余光明是个厚道的体面人，无论是评先进还是涨工资，他都不争不抢。行车室三班倒的同事前后加起来十几个人，都没跟余光明红过脸，但也没有更深的交情。同事里面除了老岑外，跟余光明交过心的还有小万。小万是余光明的徒弟，土生土长的崂山人，说话嘴里含着枪药，除师父外，逮谁跟谁喷。

余光明每个礼拜都会去趟崂山的百福园，梁筱筱的墓地在那里。退休后，余光明一个人窝在老城的两居室里，憋闷到两耳幻听，经常能听到梁筱筱叫他。有时候，他甚至答应出声，答应完了还厨房、厕所挨个房间找一圈,就像梁筱筱还活着。此时,余光明便觉得是老婆想他了,于是后来干脆三天去一趟百福园。

每回在墓碑前坐上两个钟头,余光明就把三天来的要事新闻,或者听来的笑话段子讲给梁筱筱听。有一回他还讲过一个黄段子,说是某男子住酒店,半夜起来给吧台打电话,问最便宜的小姐多少钱。吧台回复说一百元,但是很丑,五百元的漂亮。男人说要个最丑的。丑姑娘来房间后,男人让其脱光衣服端坐在沙发里,他却蒙着被子酣睡到天亮。丑姑娘问男人,叫她来干吗。男人说,屋里蚊子太多睡不着。余光明讲到这里,墓碑后面传来墓地管理员的声音,说在墓地里讲这个不合适。余光明苦笑着摇了摇头,说:"我老婆愿意听,她活着的时候我都不敢晚上讲笑话,她会笑到失眠。"说着说着,余光明就流下泪来。

管理员走来,拍了拍余光明肩膀,说男人比不上女人硬朗,六十岁的男人走了老伴儿得扒层皮。管理员还说,扒了皮就好了,新皮子长出来就忘了。余光明问多久长出新皮子。管理员说长的一年,短的三两个月,就跟蛇蜕皮一样,蜕一层皮就成另一条蛇了。余光明冷哼一声,说他不是那种男人,他和老伴儿感情深厚,这辈子都放不下。管理员笑出声来,说男人都一样,接着他改口说男人女人都一样,涨潮遇到新欢,落潮就忘了老伴儿。说罢,管理员转身走开了,背身对余光明说:"别看你长了一副体面相,凡人就是凡人,我见得太多了。"

余光明买墓地时就打算好了,百年之后,让儿子把自己的骨灰和妻子合葬在一起。墓地占了小万他们村里的土地，小万的父亲在万家埠村当主任，余光明买墓地时，万主任帮忙省下了五万元。早些年，余光明两口子省吃俭用供儿子去美国读书，等到儿子工作赚钱后，家里才开始攒钱。梁筱筱去世后，余光明接手家中财务，发现三个存折已经有三十五万元存款。结婚后，一直是梁筱筱管账，余光明手里从未掌管过这么多钱。小时候家里穷，身体发育时遇上三年困难时期，余光明上面有两个哥哥一个姐姐，年纪最小的他差点儿饿死。余光明经常说起他的不幸，用他的话讲，他们这一代人上辈子肯定作过孽，要不怎么会在身体发育时挨了三年饿，读书学文化时遇上十年动乱，工作时又遭遇下岗再就业？如果不是赶上铁路局领导在梁筱筱护理的病区住院，余光明也会在下岗潮里被裁掉。

回味一生悲苦，余光明觉得梁筱筱是唯一让他感到温暖的人。自从买了商品房搬进这个小区，他甚至都没进过物业公司的门，交水费、电费、燃气费、取暖费、物业费都是老婆的事儿。余光明则负责买菜、做饭、料理家务，用他的话说是老婆主外他主内，他甚至都不知道怎么使用银行卡取钱。在得知梁筱筱的噩耗时，他觉得自己的天塌了，整个世界随着梁筱筱的遗像一起变成了灰色：青岛的海变成了灰色，栈桥回澜阁上的琉璃瓦变成了灰色，大学路上的红墙变成了灰色，就连奥帆基地的白帆也变成了灰色。

瞅着墓碑上梁筱筱的灰色照片，余光明禁不住再次落下泪来，心里生出一腔虚无感：人这一辈子没意思，最疼爱自己的那个人走了，独活着还有什么意义？人活一世，草木一秋，早死晚死都是一回事。

三

余光明的生活一成不变，没有任何娱乐，他不会打扑克也不会下象棋，更别说进老年合唱团或是去跳广场舞。梁筱筱曾说过，等余光明退休了，两人一起进社区的老年合唱团——上山下乡时，余光明参加过知青合唱团，还拿过县里合唱比赛一等奖——余光明说他不想去，也不喜欢大合唱，当年之所以参加，是为了逃避下田种地干农活儿。梁筱筱不这样认为，她看过余光明当年合唱表演时站中间的合照，说每支合唱团都有两个"花瓶"，而他就是知青合唱团的男"花瓶"。梁筱筱还有很多奇怪理论，例如她说人的前半生长相是爹娘给的，后半生长相是自己内心给的。不管男女，一旦过了三十岁，脸上就会挂出心相。内心邪恶阴暗的人，会长出阴鸷纹，把五官挤得变形；那些内心单纯善良的人，不会长阴鸷纹，面相会显得慈眉善目。余光明年轻时就是帅哥，加上单纯和善，后来才长成一个周正帅气的老头儿……

梁筱筱走了，余光明更没心思参加什么老年合唱团。当年看过《新白娘子传奇》，梁筱筱就嚷嚷着要去杭州看看西湖，余光明说等退休后就去。梁筱筱想借着儿子结婚去美国看看，见见世面,结果因为余光明的护照被拒签,没去成。想起那些难以计数"等我退休后"的应允,余光明便后悔到打冷战。

余光明幻听越来越多,说话却越来越少,有时候一天不讲一句话。作息时间也完全错乱,晚上难入睡,白天却能躺在沙发里睡好几觉。觉睡得多,梦也跟着多起来,梦中十有八九有梁筱筱,大都是梁筱筱活着,跟他有说有笑。也有梦见梁筱筱遭遇车祸的时候,余光明每每都会从梦里哭醒。还有一个更不好的迹象,他感觉自己的身体越来越懒了,躺卧在沙发里瞅着电视,一个卧姿可以保持半天都不动一下。有一回冰箱里的蔬菜和挂面吃没了,余光明懒得去超市,在家里直挺挺饿了两天。第二天傍晚时分,老岑打来电话,问余光明到哪儿了,说十几口子人都在等他。余光明这才想起来,今天晚上行车室同事聚会,小万请客。小万前天就给师父打电话了,说今年聚会他做东,聚会地点定在五星级的凯悦酒店。余光明本来不想去凑热闹,可小万是他徒弟,再加上买墓地时人家老爸帮他省下五万元,面子上实在推托不掉,便答应前往。

余光明打车到了凯悦酒店,打听半天才找到聚会的包间青岛厅,行车室十几口子人如约齐至,就差他。以往聚会都是AA制,今日小万做东,自然是他坐了主陪位置,而主宾位置坐着行车室林主任。小万左侧副主宾位置空着,自然是留给师父余光明的。余光明有点儿诚惶诚恐,他跟两个副主任和老岑推让半天,才被小万按在副主宾位子上。余光明觉得小万变了,不再跟人硬刚硬怼,而是春风细雨,让人心生愉悦。林主任一个劲儿称赞小万情商高，说他事业做大了，人也变得谦和有礼，将来肯定能成大事。

整晚余光明几乎没怎么讲话，只是随着大家举杯喝酒，一副魂不守舍的神态。聚会结束时，半数人喝得烂醉，光是道别拥抱仪式就搞了半个钟头。老岑和余光明一前一后走出酒店。老岑追上余光明，说他状态不对头，问他这两年在忙什么。余光明简单讲了几句日常。老岑习惯性摇了摇头，说他可能得了抑郁症，应该去看看心理医生。余光明有些恼怒，因为他觉得抑郁症等同于神经病，而青岛骂人最狠的话就是"神经病"。余光明不想把这个话题继续下去，他跟老岑摆了摆手算作道别，便自顾自走了。

回到家中，余光明坐在门口的小榆木板凳上，只脱下一只鞋子便怔住了，一动不动地坐到后半夜，直到再次听到梁筱筱叫他上床睡觉。这天晚上，余光明梦见梁筱筱叫他去外面餐馆吃饭，他问梁筱筱为什么不在家做饭。梁筱筱笑着说她不会烧菜，而且最讨厌下厨房。两个人走进台东一家面馆，要了两碗海鲜面。吃面时，梁筱筱问他怎么去杭州，坐飞机还是坐高铁。余光明觉得这回再也不能让老婆失望了，他干脆地应承说，坐飞机快。

余光明继续三天跑一趟万家埠村。墓地管理员是万家埠人，也姓万，余光明叫他老万。老万是个老光棍儿，论辈分是余光明徒弟小万的爷爷。小万扳了三年道岔就辞了职，跟着一位大佬做房地产，也做墓地生意，公司的名字叫万家吉祥。退休后，余光明没见过小万几回，除了上回同事聚会就是在百福园墓地，小万陪同公司董事会前来视察。一身笔挺西装的小万看到师父后赶忙上前打招呼，师父长师父短地叫着。

每次看到余光明走进墓园，老万都会跟他打招呼，说余光明是个情种，两年来每隔三天坚持来看死去的老伴儿是百福园独一份。到第五年时，老万不再感叹余光明是情种，而是觉得这人脑子有毛病。老万劝余光明，也说他应该去看看心理医生，不然会把自己憋出毛病来。余光明的视线离开笑吟吟的梁筱筱，瞅着碧蓝的天空问老万："我扒过六层皮了，为什么还是忘不了？"老万跟余光明一起瞅着蓝天，说："你魔怔了，魔怔的人不知道疼，扒几层皮都一样。"

余光明决定终结糟糕的人生，日子就定在六十岁生日当天。他已攒下足够致命的安眠药。

生日当天，天还没亮，余光明就起床了，找来纸笔写了封遗书，是留给儿子的。寻思到太阳出来，余光明也没写满一张纸，主要是留下存折的取款密码，再就是叮嘱儿子把他的骨灰安置在百福园，跟妻子合葬，还有告知这所两居室的房产证以及发票等资料的存放处。余光明居住的房子是他唯一的不动产。半年前，儿子准备买房，余光明那时就做了自杀打算，准备卖掉自己居住的这套房子补贴儿子。儿子起初不同意。余光明说自己老了没法照顾自己，准备住进养老院，留下这套房子也没有用处。大概余家辉觉得父亲住进养老院是个不错的选择，总比一个人孤苦伶仃好得多，就同意了。在中介公司积极"帮助"下，这套两居室挂到二手房网站上,有好几拨人来看过房子。

接下来,余光明给自己做了四菜一汤的生日宴:辣炒蛤蜊、流亭猪蹄、海蜇白菜、炸花生米和炖黑头鱼汤。菜盘端上餐桌后,余光明摘下围裙,出门买了八斤原浆啤酒。余光明早有打算,用原浆啤酒打个底儿,最后用高度白酒送安眠药下肚。家里还有一瓶五十三度飞天茅台,那是儿子回国时在机场免税店买的。

诸事齐备,余光明又换了一件新衬衣,穿上为去美国参加儿子婚礼准备的西装。这套西装花了他整整两个月工资。余光明穿戴整齐端坐于餐桌前,自斟自饮。八斤原浆喝了一整个下午,菜没有吃多少,酒劲儿却已上头。窗外渐渐暗下来,余光明摇晃着站起身,一只手执飞天茅台,另一只手抓着安眠药瓶,踉踉跄跄走进卧室,和衣上床。就在他准备就着茅台酒吃下安眠药时,他又改了主意,想万一自己死后多日不被发现,尸体肯定腐烂变臭,不仅连累邻里也祸害了自己家——凶宅卖不上好价钱。

余光明坐起身,找出配这身西装的新皮鞋,带上飞天茅台和安眠药出了家门。站在小区门口思量许久,余光明还是没想好该死在哪里。他想去百福园梁筱筱墓前,可天已经黑了,没有出租车愿意在夜间去墓地。徘徊许久,担心邻居看见询问,余光明只好漫无目的地往前溜达,不知不觉中走到了妻子出车祸的十字路口。他心头一震,觉得是妻子在提醒自己,这里才是终结人生的不二选择。

南侧有一个街边公园，黑松环绕。余光明走进去，坐在一棵大黑松下面的连椅上，坐在这里可以瞅见十字路口，也就是梁筱筱出车祸的地方。借着路灯，余光明打开飞天茅台，举起酒瓶，尝了一口。紧接着，他又喝了第二口，这一口喝得有点儿多，咽下去之后，酱香味儿回味悠久。在余光明记忆里，这是自己第二回喝飞天茅台，第一回是十多年前，大姐的女儿结婚，外甥女嫁了一位上市公司的副总，婚宴上喝的全是飞天茅台。除了酱香味儿，余光明没有觉得茅台有什么特别。左一口，右一口，不知不觉中余光明喝下小半瓶茅台。他连站起来的劲儿都没了，或许根本就不想再站起来——他的人生不需要站立了。他从西装口袋里掏出药瓶，拧开瓶盖，正当他举起药瓶时，突然传来一个女人的声音："你不能这样。"

四

阻止余光明自杀的女人叫关照，是《青岛都市报》的校对员，已经退休两年。关照的儿子一家三口每天都在她家吃晚饭，吃完了拍拍屁股走人。她收拾完厨房的锅碗瓢盆便会下楼扔垃圾，然后沿着小区门口的马路遛遛弯儿，再去街边公园小坐一会儿才会回家睡觉。令关照意想不到的是，今晚居然看到余光明坐在自己常坐的连椅上喝闷酒。关照和余光明住在同一个小区，余光明不认得关照，关照却认得余光明。关照认得余光明是因为梁筱筱，梁筱筱是个"社会活动家"，她在社区小广场上显摆余光明如何爱她的时候，围观的邻居中便有关照。有一回下楼扔垃圾，关照看见一个神情落寞的老头儿走过去，随后便听见七号楼两位大姐指着老头儿嘀嘀咕咕，她才知道这个长相周正的老头儿就是梁大姐的老伴儿。

关照走上前，一只手夺走余光明手里装安眠药的瓶子，另一只手拿走酒瓶，说："余大哥，你不能走这条路呀。"余光明吃了一惊，街心公园的路灯伴着银色月光虽不甚明亮，却能看清关照的脸，可他怎么都记不起这个女人是谁。关照把药瓶揣进口袋，半个屁股坐上连椅一端，耐心地做起了自我介绍。关照特意强调自己跟余光明住在同一个社区，跟梁筱筱生前交好，还知道余光明为梁筱筱买的能当凳子坐的折叠拖车。说到梁筱筱遭遇车祸，关照禁不住流下眼泪，叹息人生无常。大概是觉得自己话风跑偏了，关照赶紧又往回找补，说梁大姐早走就是为了把寿命留给余大哥，余大哥要是走上这条路就太对不起梁大姐了。说着话，关照把酒瓶放在连椅上，从口袋里掏出一包纸巾，抽出一张递给余光明，接着又抽出一张来擦眼泪。

余光明没有落泪。一个大老爷们儿怎么可以当着旁人流泪？虽然没有落泪，余光明还是接过纸巾，放在手掌里轻轻揉搓着。他多多少少有些尴尬，被人看见自己自杀，尤其还是住在同一个小区的邻居。看到关照擦完泪水，情绪稳定下来，余光明说自己没有那个想法，只是在喝闷酒而已。关照把身体往前挪动了一下，让自己整个屁股坐上连椅，笑着对余光明说：

"家里有矿呀,揣着瓶飞天茅台坐大街上喝闷酒?"余光明还待辩解,关照却站起身来说:"余大哥既然想喝酒,咱俩换个能撸串吃野馄饨的地方,我陪着你喝。"余光明不自主地说好,他扶着连椅站起身来,感觉腿脚有些酸软无力,刚要迈步便一个趔趄,应该是喝了太多酒的缘故。关照赶忙伸出拿酒瓶的手揽住他,两条胳膊交叉后,余光明的手也抓到了酒瓶。深秋之夜,月光洒满菠萝石铺就的街道,两位老人剪破穹幕银华,一起抓着一瓶飞天茅台往前走去。

　　关照不到五十岁时,在出版社任编辑的丈夫得癌症去世了。接下来的十年时间里,关照独自操持着两个子女成家、生子。老大是女儿,叫樊珂,七年前远嫁加拿大,现在已经是三个孩子的妈妈。老二是儿子,叫樊璋,六年前奉子成婚,娶了一个强势又前卫的老婆,叫尹红。樊璋和尹红没有正经工作,一家三口全靠关照的退休金生活。关照生性温和,从不对两个心安理得啃老的年轻人说重话,甚至连脸色都不会给,整日里笑眯眯地迎来送往。逢年过节或是孙子过生日,关照还要时不时地封个大红包。送红包时,关照都是开着玩笑塞到孙子手里,她担心把红包直接给儿子或儿媳会让两个年轻人不自在。尹红却不介意这些缛节,她往往会在第一时间从儿子樊子胤手里夺走红包,说是怕儿子弄丢。更离谱的是,有一回过年,正好赶上关照补发半年加班费。对于这笔额外收入,关照权当意外之喜,便封了一个两万元的大红包塞给孙子。尹红仍是第一时间拿走红包。大概是厚重的手感使然,尹红居然当着关照的面儿吐着唾沫数起钞票来。樊璋略有些尴尬,他偷瞄了妈一眼。关照避开儿子的眼神,装作什么都没看见,起身去厨房站了一会儿,听见尹红数完钱,才端着一碗蛋炒饭回到餐桌。

细究起来,关照跟余光明算是同类,都是体面人。

五

余光明生日第二天,关照重新张罗了一桌生日宴,有剁椒碟鱼头、清蒸老虎斑、红烧黄海对虾、西芹百合松子仁、海参鲍鱼乌鸡汤,当然还有一啤的原浆。

头天晚上,关照陪着余光明在野馄饨店聊天,两个人喝完四扎一啤的原浆已经是凌晨三点。四扎原浆,关照喝了三扎,她说自己喜欢喝原浆啤酒,其实是不想让余光明再喝了。关照几乎不喝酒,但有酒量,丈夫活着时,她偶尔替丈夫挡过酒,三两扎原浆下肚像没事人一样。担心余光明的心结没有纾解,关照把他搀扶着送回家也不敢离开,安置余光明睡下后,她便在客厅沙发上和衣睡了四个小时。其间,关照起来好几回,推开余光明卧室门察看。她觉得做这一切是理所当然,救人一命胜造七级浮屠。于情于理于人于佛,关照认为自己的行为没有任何不妥。自打丈夫去世后,关照就开始信佛,并且在湛山寺皈依。皈依之后,关照更加虔诚,三天两头跑去湛山寺清扫院落,

　　　　　　　　　　　　　　·体 面·

拂拭案几,烧菜做饭,把和尚们的活儿全干了。

天亮时分,关照离开余光明家。临出门时,关照顺手把钥匙盘里的钥匙拿走,锁上房门后,又再次打开,把门口的蓝格子折叠拖车也拎走了。回到家中,关照冲了个澡,换了身湖绿色呢子裙。这是女儿从加拿大寄来的生日礼物,她一直没舍得穿。穿戴整齐后,关照拎着蓝格子折叠拖车去了镇江路市场,精心挑选食材。回去的路上,关照又去蛋糕店订了个四寸芝士蛋糕。服务员问蛋糕卡上要不要留言,关照沉吟片刻,在蛋糕卡上写了六个字:人生可以重启。

关照打开房门时,余光明刚刚起床,站在客厅里发愣,大概是在回忆昨晚断片儿前的内容。看到关照用钥匙打开房门,他吃了一惊,等到看见关照手中拖着的蓝格子折叠拖车时,他的泪水抑制不住地涌出眼眶。

生日午宴持续到下午四点才结束,大部分时间都是关照在说话。她说社区合唱团团长老王跟夏姐好上了,两个人准备年底办婚宴,双方商量好了不领结婚证,以免将来产生财产纠纷;还说舞蹈队的队长傅大姐跟凤英闹别扭,因为两人同时喜欢上了何局长,而何局长在老伴儿去世之后压根儿就不想再婚,但跟他们家小保姆好像有那么点儿意思;又说起社区里的模范夫妻老段两口子,他们卖掉了老城区一套房子,拿着钱四处旅游,美洲、欧洲几乎游历遍了也没花掉一半卖房钱,今年冬天还准备坐火车去俄罗斯看雪景。关照还说起自己的家事,说女儿樊珂其实是丈夫老樊的侄女,因为父母出车祸双双身亡，他们才收养了她。说起亲生儿子樊璋，关照有些情绪低落，她感叹儿子懦弱，处处任老婆摆布，至今没个正经工作，一家三口都靠着自己的退休金接济。

余光明听得倒有耐心，且很专注，还时不时地举杯向关照表示感谢。余光明平日很少跟人闲聊，也听不得这些家长里短，觉得一个大老爷们儿不应该嚼老婆舌头。自梁筱筱去世后，耳根子清净到幻听的余光明，没想到自己竟这般渴望听到这些东家长西家短的八卦。八年来，这个屋里的餐桌上从来没摆过四菜一汤，何况还都是高端硬菜。吃人家嘴短，余光明开始附和关照的观点，说老年人应该走出去融入群体，跟同龄人多沟通多交流，还同意关照说的不跳舞、不唱歌也可以下象棋、下围棋。为让关照放心，他主动承诺自己会坚强生活下去，让老朋友不再为自己担心。在说到"老朋友"三个字时，余光明甚至觉得有点儿脸红，毕竟他昨晚才认识的关照。余光明不动声色地瞅了一眼关照，发现对方脸上也微微一红。

兴许是昨晚喝了太多酒，两个人今天都很矜持，一瓶红酒喝了不到一半。两个人一直聊到下午四点钟，关照收拾完餐桌和厨房卫生，这才回家给儿子一家三口做晚饭。

出门时，关照问家里是不是还有备用钥匙，余光明说还有。关照略带羞涩地问，是否方便给她一把。余光明犹豫片刻，从钥匙盘里拿出一把用红绳拴着一柄小桃木剑的钥匙，递给关照。关照接过钥匙，看了一眼红绳上的桃木剑，问这是不是梁大姐以前用的。余光明点点头，说筱筱觉得桃木剑能辟邪。

六

北方城市的季节转换有些草率,从冬到夏、从夏到冬,往往是一夜间的事儿,春秋几乎没什么存在感。青岛却不一样,四季分明到春秋与冬夏平分秋色。在青岛,六月人们往往会怀疑夏天不会来,而十月底人们又会感念秋天的仁慈,迟迟不肯撒手美丽。

已是霜降时节,崂山默默地换了一种颜色,黑松不再像夏季那般青翠欲滴,悄然变为深绿色。苍松掩映间的巨石险峰上几乎被爬山虎占据。自寒露开始,爬山虎叶子日甚一日地绛红,把崂山渲染成油画。

关照带着余光明爬上北九水的潮音瀑,路上余光明坐下来歇了好几次。看着一些比自己还老的人步履轻盈而过,余光明感叹自己衰老太快了。关照说他不老,只是缺乏锻炼,只要跟着她每个礼拜爬一次崂山,他也能健步如飞。

攀上将军崖,整个崂山北麓尽收眼底,深秋的群山莽莽苍苍,跳脱的巨石和红叶点缀其间。站上崖顶,余光明生出纵身跃下去的冲动。他难以自控,恐惧地呆立在原地,脑海中翻腾着各种坠崖的惨相,瞬间冒汗且浑身瘫软。他紧紧抱住一棵松树,不敢松开。

关照觉察到不对劲儿,转过头看到余光明脸色苍白,身体战栗,赶紧搀扶住他。在几个年轻人帮助下,余光明才从将军崖下来,瘫坐在一条石凳上大口喘着粗气。关照递过来保温杯,让他喝口热水稳稳神,问他是不是有恐高症。余光明说没有,梁筱筱活着时,他俩还一起去过电视塔顶上的旋转餐厅吃自助餐。听到余光明这样解释,关照心里有一丝嫉妒和不悦,她接着问刚才是怎么回事,是不是心脏有什么问题。余光明摇摇头,说心脏一直挺健康的,刚才在将军崖上突然紧张起来,有种要跳下去的冲动,大概害怕真跳下去,所以紧张。

大约过了一小时,余光明才缓过来,在关照搀扶下,缓缓下了山。当晚,关照上网查阅了很多资料,结合余光明的情况,觉得这些症状似乎倾向于抑郁症。

关照最终说服余光明去看心理医生。一番谈话、一轮测试下来,医生诊断他为重度抑郁症,必须进行药物干预。医生一次性开了一个月药量的盐酸帕罗西汀片。余光明问医生,需要服药多久。医生说至少要服半年,视具体情况减少药量,切不能随意停药,随意停药有可能加重病情。医生还说这种病可以被纳入医保的重大疾病,办理后用药报销额度就会提高。余光明想了想还是拒绝了,因为纳入医保重大疾病会被写入医疗档案,在医保档案里有精神类疾病会不会影响到儿子,他不敢确定。

在关照的监督下,余光明开始服药。关照还像影视剧里精神病医院的医生那样,伸手捏住余光明下巴,让他张大嘴巴接受检查。余光明调皮地张开嘴巴,把舌头"啦啦啦"在嘴巴里快

·体面·

速地上下翻动着,表明已经把药物咽下。

关照几乎天天来照看余光明,有时一天要跑好几趟。她下午要回家给儿子一家三口做晚饭,送走儿子一家,收拾完家务,还要赶到余光明家监督他吃药。时间长了,邻居们开始私下议论,传"老榆木疙瘩"余光明被"老狐狸精"关照拿下了。关照生性低调,与邻里交往也算得体有分寸,虽说年轻时也是美人,但也不至于被唤作"老狐狸精"。现在之所以这样,是嫉妒使然。

男性寿命普遍低于女性,所以社区老年队伍里缺老头儿,尤其像余光明这样长相周正、言行体面的,因此早有一拨老太太惦记着他。加上外界传言余光明的儿子在美国硅谷年薪上百万美元;老余在银行里开了美元账户,至少有六位数的存款。梁筱筱刚去世时,余光明家门口的中老年妇女经常走碰头,都是打着吊唁梁大姐的幌子接近余大哥。怎奈余光明对梁筱筱情深意笃,心中容不下任何"芳邻",他甚至有些心烦意乱,大多时候有人敲门也不开,装作不在家。吃了闭门羹的中老年妇女们自觉没味儿,便在背后管余光明叫"老榆木疙瘩",但心里都承认他是个"钻石王老五"。傅大姐甚至还嘲笑余光明,说别看他现在转,总有熬不住的时候。可事情出乎意料,"老榆木疙瘩"一熬就是八年。如果余光明始终熬着,大家也没有闲话可说,谁知"老榆木疙瘩"最终竟被看上去老实巴交的关照开了窍,传言一时间甚嚣尘上。

风言风语也传入了当事人耳朵,余光明倒不怎么介意,关照却不一样,她担心闲话传到儿子和儿媳那里。这天晚上,关照在家多烧了两个菜,还炖了个鳕鱼汤,最近把精力多用在余光明身上,给儿子一家三口做的菜未免有些敷衍。

吃完晚饭,关照想试探一下儿子儿媳口风,却不知该如何开口。看到妈妈有话要讲的样子,倒是樊璋先说话了,他问妈妈是不是要去照料余叔叔。关照脸色一红,没料到儿子早就知晓此事了。她嗫嚅道:"晚上不去余叔叔家,免得邻居们传闲话。"樊璋笑道:"老年人谈恋爱也是正常的,怕那些闲话做什么。"关照悬着的心踏实下来,没想到儿子如此开明。关照说:"我们还没谈恋爱,你余叔叔抑郁多年,一个月前差点儿自杀,我是觉得他可怜,照顾他一下。"樊璋对妈妈说:"你不用有顾虑,如果你和余叔叔觉得合适,我和尹红都支持你们。"关照转头看向尹红,尹红赶忙点点头表示支持。

关照眼圈一红,心中颇有些感动。

七

不知道是药物生了效,还是关照的陪伴起了作用,或兼而有之,余光明的心绪算是稳定下来,不再想自杀这事儿了。在将军崖崖顶出现状况时,余光明便明白自己不想死了,不仅不想死,甚至恐惧那种将死的感觉,不然也不会紧紧抱住松树不肯松手。几个年轻人费了好大力气,才把他的双手从松树树干上掰下来,还把他右手中指弄伤了。

世界在余光明眼里渐渐有了颜色,先是八大关银杏叶,再是奥帆基地的片片白帆……关照的偶然介入开启了余光明的新生之路,使这艘疲惫的老船再次扬起生命之帆。

就在一切向好时,太平洋对岸的儿子突然打来一个电话,让余光明好生为难。半年前,儿子余家辉准备买下一座独栋别墅,因为他和琼斯即将迎来第一个孩子,之后还得请保姆,亟需一栋宽敞的大房子。儿子儿媳本来没想得到余光明的援助,可决心赴死的余光明却坚持要把房子卖掉。于是,儿子就把这一百二十万元计划进购房款,付款日期临近,便打来电话问房子卖掉没有。

说出去的话就是泼出去的水,余光明一辈子最讨厌说话不算数的人。他打小就告诫余家辉做人要言而有信,如今自己若是说话不算数,岂不是打了自己嘴巴?还有,儿子买房是为了孙子,虽说孙子生在美国,是个美国人,可就算是美国人他也得姓余啊,也得管自己叫爷爷不是?

余光明盘算再三,觉得按照先前编的谎话卖掉房子住进养老院也是个不错的选择。但是住进养老院,关照还会天天来看望他照料他吗?这些日子以来幸亏关照悉心呵护,他的精神状况才有所好转,如此一来,岂不就断了关系?转念一想,关照比自己小五岁,脸蛋和身材看上去更显年轻,说她五十岁出头都不为过。人家这么精心照料自己完全是巧合,自杀那天晚上正好被她遇见,换作是自己也不会见死不救,更何况关照还说她是梁筱筱的朋友。想到这儿,余光明知道自己想多了,以关照的条件完全可以找到一个更好的老伴儿,而不是一个精神病病人。虽然关照说这不是精神病,只是心理问题,很多老人都有。

就在余光明举棋不定之际,中介打来电话,说要带买主过来看房子,问他在不在家。余光明长叹一声,觉得一切都是天意,便对中介说:"我在家,你们过来吧。"

八

房子最终还是卖了。余家辉那边急需付款,余光明低于市场价三万元把房子卖了。

余光明突然卖掉房子,关照也很诧异。待余光明解释了卖房子的原委,关照表示理解,也支持。关照更关心的是余光明以后住哪儿,他们两个人会不会有结果。日后住哪儿,关照问得出口;会不会有结果,关照只能揣测。

余光明说他原本打算住进养老院,可又觉得还能料理自己的生活,想就近租房住。听说余光明想就近租房住,关照觉得这是余光明对自己的表态,赶忙跑去房屋中介搜罗房源。

房子还没租好,买主就催促搬家,说要趁着冬天装修好房子,明年春天出租。余光明正为难,徒弟小万给他出了个主意:先在万家埠村找一处闲置民居,把家里的物件搬过去,然后慢慢找房。村里闲置房很多,小万当天找来搬家公司,又找来远房叔叔家一个独门独院有三间瓦房的农家院，把家具等物件填塞进去。余光明和关照乘坐小万的越野车一同去了万家埠村。余光明感叹，租个农家院住着也不错呀。听师父这样说，小万来劲儿了，说他看过万家埠村周边的整体规划图，这里有可能被规划成崂山康养社区，租农家院不如买农家院，到时能赚到一笔拆迁费。小万越说越来劲儿，他说师父住在村里，去看望师母也方便，走路二十分钟就到百福园。小万还没拎清师父和关照之间的微妙关系，以为关照只是位热心的邻居或师父家的亲戚。

余光明有些动心，便问，都知道要拆迁了，农民们还会不会卖房子。小万说，这事儿也不是谁都知道，上层还在酝酿中，只是几家地产开发商间传的消息。关照问，农村的宅基地能不能买卖。小万点点头，说城市户口购买宅基地房不受法律保护，一切权益全靠自己跟宅基地户主协商，主要是拆迁款分账比例，谈妥了签好合同就相安无事，万家埠村现在至少有三分之一的房子都卖给了城里人。余光明问小万，他叔叔会不会卖这个房子。小万说会，他叔叔房子多，他担心的是不搞规划拆迁，那么多房子留在手里无法变现。关照对余光明说，这里空气好水也好，养老倒是个好地方，可是他现在的身体状况需要跑医院看医生，还是住市里方便些。余光明明白关照的意图，没坚持自己的想法，安置好物件后便坐着小万的车回到市里。

余光明在社区边上一家经济型酒店订了间房，作为栖身之所。独自坐在床上，余光明禁不住悲从中来，打拼一辈子到头来连房子都没了。他牢记关照叮嘱,情绪不好时要想想有没有及时服药。关照在他的手机上设置了每天上午十点钟报时,提醒他按时吃药。今天因为搬家,上午十点钟正在前往万家埠村的路上,所以没服药。余光明忙打开瓶矿泉水,把药服下。刚吃完药,关照的电话便打进来,邀请他晚上到家里吃饭。余光明知道关照的儿子一家每天晚上要来吃饭,便谢绝了,说自己泡方便面吃。关照坚持让余光明去家里吃饭,还强调说儿子儿媳都支持他们交往。

　　挂断电话,余光明穿戴好走出酒店。路过社区超市,余光明进去买了两瓶酱酒。他听关照说过她儿子喜欢喝酱酒,而且天天喝。年轻人这么懂事,他做长辈的送两瓶酒也是应该的。余光明这样想着,不知不觉冲淡了"无家可归"的不良情绪。

　　余光明按了半天门铃,穿着围裙的关照才来开门,说自己在厨房里炸鱼没听见。餐桌上已经摆了五个菜,一份辣炒蛤蜊、一份酱爆猪大肠、一份虾酱炒鸡蛋、一份酱猪蹄、一份腌钉螺。余光明笑道:"除了酱爆就是勾芡,没想到你还能做一手鲁菜。"余光明把目光落在腌钉螺上,这些年来在外面餐馆吃过几回腌钉螺,都没梁筱筱腌制的钉螺好吃。关照快步走进厨房,回头对余光明说:"吃完了再夸奖也不迟,樊璋他们马上就到。"话音刚落,开锁声音便响起,房门被打开后,樊璋、尹红和儿子拥进客厅。看到余光明站在餐桌旁,樊璋和尹红微微一怔。关照忙着介绍起来,尴尬的气氛瞬间被打破。樊璋热情地叫了一声余叔,还让儿子樊子胤管余光明叫爷爷。余光明拎起

　　　　　　　　　　　　　　　　　·休 面·

两瓶酱酒说:"听你妈说你喜欢喝酱酒,就买了两瓶。"余光明拎出一瓶来,一边开盒子一边介绍,说他喝过几回酱酒,跟茅台一个味儿。樊璋赶忙接过酒来称谢,说他早就听说过酱酒,很多专家盲品时都把它喝成茅台。

说话间,关照把炸偏口鱼和海菜汤端上餐桌,招呼大家就座。樊璋麻利地开酒倒酒,一看就是行家老手。他端起酒杯嗅了嗅,轻啜一口,而后将一杯酒一口喝尽,咂巴两下舌头赞道:"好酒好酒!"这是余光明第一次跟关照家人吃饭,本来心情略有些忐忑,没想到樊璋这般热情好客。接下来宾主推杯换盏,餐桌上气氛十分融洽,关照脸上绽放着温暖的笑,频频给孙子和余光明布菜。樊子胤挡住奶奶夹过来的菜,说他已经吃撑了,然后就拿起平板电脑进了奶奶的卧室。余光明试探着夹起一只钉螺,习惯性地"吱喽"一声嘬进嘴里,就在钉螺的腌汁溅上舌头的刹那,那股熟悉又久违的味道充盈整个口腔。余光明惊奇地瞅了一眼笑吟吟的关照,关照微微翘起嘴角,笑容里不无得意。余光明生怕自己味蕾出现错觉,连忙又嘬了两只钉螺,味道竟然跟梁筱筱腌制的如出一辙。余光明冲着关照小声问:"你是怎么做出这个味道来的?"关照笑盈盈的脸上微微一红,她看了一眼儿子和儿媳,对余光明说:"我在你家一本菜谱里看到一张用手抄写的单子,上面就是腌制钉螺的配方,我想应该是梁大姐的独家秘籍,前天就照着配方腌制了一回。"樊璋和尹红也尝了钉螺,跟着余光明一起赞叹起关照的烹饪手艺。这时,樊子胤在卧室里嚷嚷了一句,问奶奶卧室里怎么有这么多旅行箱，是不是要跟爷爷出门旅行。迎着樊璋和尹红投来的询问眼神，关照笑着说："那些旅行箱是你们余叔的，他刚刚卖掉房子，把随时用得着的衣物暂时放在我这里。"

闻听此言，樊璋有些吃惊，问余光明为什么要卖房子。余光明无奈地笑了笑，便把卖房子的来龙去脉讲了出来。不知道是不是酒精的原因，樊璋的脸色渐渐难看起来。待余光明举起酒杯示意他喝酒的时候，樊璋居然推倒酒杯，还嘟囔了一句："这酒真他妈难喝！"

九

余光明没在原来的社区附近租房子，他选择去万家埠村，买下放置家具等物件的那个农家院落。他原本打算在社区附近租房子，主要是考虑到跟关照的交往，可对未来生活的期待，在关照家那次晚餐后破灭了。余光明想不通，得知自己卖掉房子后，樊璋为什么突然间变脸，他喜欢喝的酱香酒怎么就变难喝了，嘴里还骂骂咧咧不干净。房子是自己的，就算跟关照确定了关系，哪怕是结了婚，各自财产也都由自己子女继承呀。这一点，社区里再结合的老人有先例，关照闲聊也列举过。

关照再没找过他，连一个电话都没打过。余光明在小酒店里住了三天，最终决定买下万家埠村的农家小院。正如徒弟小万所言，现在去看望梁筱筱方便了，出门左拐上山，沿着防火通道步行二十分钟就到百福园。梁筱筱的墓碑越发干净了,余光明打算到来年春天,买那种一千元一平方米的草坪铺在梁筱筱的墓地上。每座墓占地不超过两平方米,也花不了多少钱。管理员老万又试探着问他为什么不再找个老伴儿。余光明说半路夫妻过不到一处。老万说,这个岁数就不要要求那么高了,凑合着能做那事儿就行了。余光明说,那事儿没那么重要。老万又问,他是不是那根弦儿断了。余光明说没断,就是不怎么想了。

住进万家埠村已有半个月,每天上午十点钟手机准时报时,这是关照给他定的吃药的闹钟。这天上午,手机闹铃报时时响起敲门声,余光明顾不上吃药先去开门。门外站着关照,她身后还有五个大行李箱。余光明看向关照身后,关照笑着说,是出租车司机帮忙把行李箱拎过来的。关照脸上有几许憔悴,她涂了口红,施了一层淡粉,眉毛也比以前画得浓了,看上去漂亮了许多。余光明一时不知道该如何开口,只是呆立着。关照倒是直爽,说她把房子转让给了儿子,现在也是无家可归的人了,准备搬过来跟余光明同住。余光明一时间反应不过来,关照又跟了一句,问他到底是欢迎还是不欢迎。余光明再也顾不上疑问了,嘴里连说好几遍欢迎。不用关照动手,余光明一会儿工夫就把五个大行李箱搬进屋里,又忙着烧水沏茶,腿脚瞬间轻快起来。

不等余光明开口询问,关照先行道歉,说没想到儿子这般混账,气得她病了一个星期。余光明安慰道,孩子还年轻没经事儿，等他自己的孩子长大后就会明白事理。关照摇摇头，说不是那回事，她说樊璋之所以支持他们交往，有他的如意算盘。"他以为咱俩搭伙过日子后，我会住到你家里，我现在的房子就成他的了。没想到你把房子卖了，他甚至担心你以后会住到我家里。"关照脸上还挂着惯性般的笑意，眼泪却已经溢出眼眶，在两颊流出两道粉痕。余光明赶忙放下茶叶罐子，抽出两张纸巾递了过去。关照笑着接过纸巾，轻拭着脸颊上的泪水，说："都怪我从小宠着他，才养成他自私的性格。"关照又问："你怎么买了这里的房子，是不是因为樊璋那个浑小子？"余光明说："跟你儿子没有关系，是我讨厌租房合同的条款，其中一条说如果租客死了把房子变成凶宅，就要赔偿房主五十万元。我一气之下就来这里买房子了。"关照愣了一下，问："你还想着那事儿？"余光明笑着说，早就不想了。

　　关照说她对儿子失望至极，一气之下把房子过户给了儿子，从此以后两不相欠。她早就伺候够了儿子一家三口，不想再做免费保姆了。关照把用过的纸巾扔进垃圾桶，起身说："我现在跟你一样了，你愿意收留我这个无家可归的老太太吗？"余光明忙不迭地说了三遍"我愿意"，然后把一杯刚沏好的茶递到关照手里。关照看了一眼桌子上小药盒里的药片，问余光明是不是还没吃药。余光明说马上吃。他把小药盒里的药片统统倒进嘴里，"咕咚咕咚"喝了两大口保温杯里的水。像从前一样，关照伸手捏住余光明下巴察看，余光明也像从前一样，调皮地张大嘴巴，把舌头"啦啦啦"在嘴巴里快速地上下翻动着。

　　　　　　　　　　　　　　·体面·

关照松开手,把手掌摊开抚在他的腮边摩挲着。余光明抓住关照的手,准确地说是抚在关照的手背上,带动着关照的手在自己的脸上轻轻揉搓着。一片绯红迅速罩上关照的苹果肌,两个眼角上细密的鱼尾纹瞬间把绯红的羞涩传遍整个脸庞,一直到她略显松弛的脖颈。关照终究是有勇气的,她在抬起头的同时又伸出另一只手,抚在余光明另一侧脸上。余光明也跟着抬起另一只手,抚上关照的另一个手背。四目相对时,两个人的眼睛里都隐隐地泛着闪亮的星光。

十

服用盐酸帕罗西汀两年后,余光明觉得自己该停药了,因为他现在感觉"身心状况好极了"。除了有一点儿肠胃消化不良、闹肚子之外,余光明觉得身体状态比同龄人好得多,而肠胃问题自年轻时候就有。关照不同意停药,陪着他再次去看心理医生,又做了一系列问题调查,题测结果同余光明预料的一样好,抑郁症症状基本消失。心理医生建议他药量减半,每天改服半粒药,然后再慢慢改服四分之一粒药,用三个月的缓冲时间完成停药。

为引以为戒,余光明把自杀时喝剩的半瓶茅台摆在玻璃橱柜里。关照很会凑趣,把从余光明手里夺走的那瓶安眠药也摆在茅台酒瓶旁边。世界在余光明眼里不仅有了颜色,而且充满希望,这种感觉很像年轻时,对未来充满各种不确定的期待。不同之处在于,现在的余光明很明确知道自己想要什么,那就是跟关照共同走完这一生。只要想起关照,余光明便满是感恩之情,在最绝望的时刻,关照像一束阳光照进他灰暗的心里,不仅阻止了他自杀,还陪伴着他一起走出抑郁。为陪伴他,关照不惜与亲生儿子厘清关系划清界限,放下熟悉的生活,放弃唯一的房子,截断所有的退路,义无反顾地跟着他来到农村生活。顾及关照的感受,余光明不再天天去百福园看梁筱筱。但是每逢梁筱筱的生辰或祭日,关照都会提前提醒他,甚至还陪着他一起前往百福园给梁筱筱的墓地铺了进口草坪。管理员老万冲余光明打趣道,看来他那根弦儿还没断。关照问余光明,什么弦儿没断。余光明笑了笑,说老万满嘴疯话,不用理他。

余家辉的儿子Tim已经会讲话了,英语比汉语说得流利,有时候会跟余光明视频。Tim很笨拙地叫着"爷爷、爷爷",而除了"爷爷,我爱你",Tim几乎讲不了一句完整的中文。因此,所谓的爷孙视频,也是爷爷说爷爷的,孙子说孙子的。几回视频连线下来,爷爷和孙子都觉得无聊。余光明问儿子,Tim的中文大名叫什么。余家辉说,叫余光辉。余光明听罢,气得他差点儿破口大骂,他严厉质问儿子这算什么名字,竟然让孙子跟爷爷同一个辈分。余家辉解释说,白人的文化就是这样,为了纪念先人,会用父亲、爷爷或者祖先的名字来命名。余光明有些恼怒,他在视频里呵斥儿子,说不要跟他提白人文化,因为他的孙子是中华儿女。余家辉也有些失望,他回击了父亲,说余光辉的国籍是美国,而且他有二分之一白人血统，所以请父亲尊重自己的孙子。

余光明气愤地挂断视频，大骂儿子余家辉数典忘祖，甚至懊悔当初不应该送他去美国读书。关照在一旁笑吟吟地劝慰，说人类文明未来的方向是消除国界和文化差异，地球将变成一个村落，哪里还有什么宗族典籍的事儿。

在余光明眼里，关照是个文化人，她说的事儿有理有据有出处，余光明很是信服。既然关照认为孙子叫"余光辉"不是数典忘祖，余光明的怒气也就消了一半。关照也经常跟女儿樊珂的两个孩子视频聊天，外孙子和外孙女说英语，关照就跟他们说英语；外孙子和外孙女说汉语，关照就跟他们说汉语。关照与儿子一家三口几乎断绝了来往，在余光明背地撮合下，今年大年初一，樊璋主动给妈妈打来电话拜年，关系算是缓和了些许。

余光明住进万家埠村的第三个春天，拆迁消息传遍整个村落，村民脸上都洋溢着春天的气息。立夏时分，拆迁办的工作人员开始丈量每家每户的房屋面积，其中包括屋内面积和院落面积。村里家家户户备好零食、水果和上等的崂山茶，款待工作人员，生怕对方把面积量短了。丈量工作持续了一个月，时有纠纷发生，有的是兄弟间因为祖屋分配不均动手打起来，有的是嫁到外村的女儿回来跟哥哥弟弟争夺房产，有的是原户主跟买房人掰扯不清。余光明买的是小万远房叔叔万三的宅基地，一是万三家里房子多，二是余光明出价高于时价，所以万三一直没来找麻烦。

余光明习惯了这方依山傍水的清净之地，因为村里的年轻人大都住进城里，失去人气和活力的村庄越发静谧。他不明白世世代代居住在这里的村民们为什么不留恋。年轻人向往都市生活可以理解，可村里的老年人为什么也愿意搬进高楼里住，动辄三四十层的楼房怎么能比得上独门独院？余光明看着鹅卵石垒砌的院墙，这可不是一般手艺就能干的活儿。当初，万三毫不犹豫地卖掉祖屋，签好合约拿到钱的那一刻，他甚至都没再回头瞅一眼这住了大半辈子的三间大瓦房。摒弃旧有的东西时，这些村民为什么毫不吝啬？

　　关照倒不这么认为，她觉得农村民居冬天取暖是个大问题，生煤炉子会产生煤烟很不安全，随着腿脚越来越不利索，住回城市距离医院也近。关照对余光明说，拿到拆迁款也不用买房子，找个距离社保医院近的社区，租个一居室楼房，把钱都用来保健和养老。余光明虽有遗憾，但也没提出异议，他觉得关照的打算有道理。两人对搬迁回城市居住一事基本达成共识，便不再为此讨论。

　　立夏这天正赶上农历五月初一，关照跟着万家埠村的大姐们要去华严寺烧香。自从住进村里，关照每逢农历初一和十五都要到华严寺拜佛烧香。余光明也不反对，有时候也会跟着去华严寺转一圈，但他不拜佛也不烧香。今天赶巧铁路局组织退休职工体检，余光明要进城去，便不能跟随关照去华严寺。

　　一大清早，两个人出门各自上路。已是立夏时分，崂山的气候却像是被春天绊住了一样，流苏花儿虽已绽满枝头，清晨出门的人们却还要着长袖衬衣。在余光明的长袖衬衣外面，关照硬给他加了件薄羊绒坎肩，说中午热了可以脱下来。出门后，余光明停住脚步，对关照说："我昨晚梦到梁筱筱了。"关照问："梦见梁大姐什么了？"余光明说："梦见筱筱问我想不想她。"关照笑吟吟地又问："你怎么回复的？"余光明说："还没等到说话我就醒过来了，你今天去华严寺替我祷告一下。"关照故意止住笑说："你不信佛，我替你祷告什么？"余光明道："你跟筱筱说我现在过得挺好，让她在那边放心好了。"

十一

夏天到来了，同火热夏天一起到来的还有万家埠村的搬迁，签字画押拿到拆迁款的人家开始陆陆续续搬走。搬家带动起另一个群体——一些收购旧家具、老物件的人，他们驻扎在万家埠村各个角落，用扩音器重复播放"高价收购老家具"的录音。

万家埠村被规划成高档康养社区，至于高档到什么程度，村民们的认知限制了想象力，只是疯传要建中国最好的养老院。既然不是建居住社区，当然不会建回迁房，给村民们安置的搬迁社区是崂山东部天地商贸中心，房价很高，大多数村民选择要钱另处购房。于是，整个村子散了，万家埠村的痕迹将被抹除。

万三还是找上门了,要求分走一半拆迁款,不然就不在拆迁合同上签字。关照据理力争,说余光明当年支付超高价格买下这栋房子,就是为了杜绝日后产权纠纷,而且双方在房屋买卖合同里说得很清楚,日后拆迁款全部归新房主余光明所有。争着争着,关照禁不住悲从中来,说:"这栋房子的拆迁款刚够买一栋城市里的两居室,你如果拿走一半,我们两个老人连个落脚处都没了。"万三说:"你们在城里都有房子,到农村买到拆迁房是锦上添花,是天上掉馅饼,为什么还要这么贪婪?"万三也跟着关照抹起眼泪,他说他有两个儿子四栋房子,因为卖给余光明一栋,剩下三栋房子的拆迁款不够买下东部天地商贸中心两套大平层,所以两个儿子整天跟他吵吵。

　　余光明一辈子没问别人借过钱,如今万三找上门来哭哭咧咧要钱,仿佛是他欠了别人钱,这让他憋气又窝火。听着万三带着哭腔的陈述,余光明内心抵触至极,额头上不自觉地渗出一层细密汗珠。细密汗珠汇成一条条汗线流下来,他想起身拿毛巾擦时,眼前一黑昏厥过去。

　　万三以为余光明耍赖,站在原地没有理会,待他看到关照狠狠掐余光明人中,又觉得两个人不像是演戏,忙溜之大吉。关照掐完人中,接着使劲儿拍打脸颊,好一会儿余光明才醒转过来。他问关照,自己刚才怎么了。关照说他太激动了,还劝他以后千万不要再为这件事着急上火。关照是个遇大事有静气的人,看到余光明突然间晕厥,她没有哭天抢地乱叫乱嚷,而是擦干眼泪试探到他有脉搏有呼吸,于是实施各种土办法抢

　　　　　　　　　　　　　　　　　·体 面·

救。她宽慰着余光明,说他们本来就不打算买房子,就算拿到一半拆迁款,租房子住也够了,再说他俩还有退休金呢。

鉴于余光明晕倒的经历,万三第二次上门要钱时带着两个儿子一起。余光明无奈,只好请来徒弟小万从中说和。一边是师父,一边是叔叔,小万只能折中,最后达成三七分账的协议,余光明拿到拆迁款后分给万三百分之三十。小万临时草拟了一份拆迁款分配协议,按照此次拆迁条款每平方米一万一千元赔偿,这处院落总共一百四十五平方米,拆迁款共计一百五十九万五千元,万三将得到四十七万八千五百元。三方在拆迁款分配协议上签完字后,小万随即从包里拿出拆迁合同,让万三和余光明在上面签字。万三在拆迁合同上痛快地签字按指印,领着两个儿子出了门。

余光明却不肯签字,问小万怎么会有拆迁合同。小万笑着解释,说他们公司万家吉祥中标了万家埠村高档康养社区项目,从拆迁到建造到经营,全部由他们一条龙操作。余光明问小万这个康养社区到底怎么个高档法。小万说:"高档到咱们这样的人住不起。"看见师父一脸蒙,小万介绍说,康养社区每人一个套间,卧室、客厅、卫生间全有,公共配套有公园、餐厅、图书馆、电影院、游戏室、游泳池,还有一座准三甲医院,每人配备一名专职护工。余光明问怎么收费。小万说,最低一档收费标准一年十五万元。关照在一旁听得啧啧称叹,她对余光明说,这点儿拆迁款不够他俩住四年的。

小万把签字笔递给余光明,说:"这种高档康养社区是为有钱人打造的,咱们将来就住个普通养老院吧。"余光明眼睛里闪过一道亮光,他把小万递过来的签字笔推开,斩钉截铁说:"我不签!"

十二

冬至饺子夏至面,万家埠村这个夏至只有余光明一户人家吃面。其他村民全部都搬走了,连房子都已被推土机推平。万家埠村地势东高西低,房屋依势而建,余光明的院落处于村子中央位置。如今,全村变为一片瓦砾,只剩下孤零零三间瓦房,关照正在瓦房的煤气灶上煮着夏至面。余光明挑着两桶水,从村西头往家里走,其间全是上坡路。他佝偻着腰身频繁换肩,吃力地走在残垣瓦砾间,额头上的汗水滚落下来,淌过细瘦又松垮的脖子,把黑色老头衫前胸洇湿了一大片。余光明站在大门口调整一下呼吸,而后挑着水桶走进大门。关照正坐在煤气灶前发愣,听到往水缸里倒水的声响,才转过头说:"煤气罐空了,面条还没煮熟,你说这是何苦来的?"

余光明归置好两只水桶,说煤气没了就用柴火煮面。说完,余光明去院门外抱回一堆干树枝,因为抱着干树枝看不见脚下,差点儿被门槛绊倒。他往前跟跄两步才稳住身体,嘴里还念叨着,断水断电也难不倒英雄汉。院子东墙墙根有个砖头抹着黄泥砌成的简易灶台,余光明把干树枝掰断塞进灶膛里,再团起一张旧报纸引火。关照端着一个砂锅走出来，砂锅里是煮得半生不熟的面条。余光明知道关照心情不好，接过砂锅放置在灶口上，把一个小板凳推到她脚边，这正是梁筱筱在镇江路市场上买的老榆木小板凳。

关照坐下来对余光明说："你平日里是个体面人，为什么非要在这件事上不依不饶，我真想不明白。"余光明认真地掰着干树枝，把掰好的干树枝塞进灶膛里，干树枝"嗞嗞"着生发出来的黄色火焰舔着砂锅锅底往上撩，最后变成一股透明的热浪消失在空中。关照接着说："去年世博园拆迁的时候，有两户村民赖着不搬。你说拆迁费合理合规，他们做钉子户就是为了多要钱，一点儿不考虑城市总体规划。怎么轮到你头上，你也做了钉子户？"

砂锅盖子上的汽眼儿"嗞嗞"地冒着热气，关照赶忙起身揭起盖子，用商量的口吻说："全村从村支书到困难户都是同一个拆迁价，怎么会给你两万元一平方米？再说了，小万还是你带出来的徒弟，你就别难为孩子了。"余光明似乎没有听关照在说什么，他问道："几个滚了？面条熟了吧？"

说话间，小万风风火火走进来，说他向万家吉祥的朱总争取到一个很好的权益，不管师父买多大的房子，都由他们公司来负责装修，条件是要保密，不能对任何村民透露。余光明正从砂锅里捞面条，头也不抬地回道："我不买房子，租的房子用不着装修。"

小万顿时脸涨得通红，一屁股坐在老榆木小板凳上，瞅着余光明的后背说："您这就是存心跟我过不去。我负责这个项目的拆迁工作，全村老少爷们儿都没有给我出难题，师父您一个外来户怎么还反客为主了？"

余光明放下装满面条的瓷碗，给自己点上一支香烟，这差点儿惊掉小万下巴——师父一辈子都没抽过烟。余光明吐出一口浓烟，对小万说："你去回复你们朱总，我不要装修房子，如果不能按两万元一平方米支付就免谈。"余光明接着又说："你们也别想野蛮强拆我的房子，我儿子在美国也是有身份有地位的人，如果想把事情闹大，我也奉陪到底。"

关照担心师徒二人把话说僵了，她连拉带拽把小万拖到门口，小声地说："没想到你师父这么犟，都说人老了性格会变，没想到他是一百八十度的回头变。"小万也纳闷，师父一直都是单位里最好说话的人，工作上任劳任怨肯吃亏，如今怎么会变成了这副样子？

关照叮嘱小万："你先回去，我来做你师父的工作，争取这个周末就搬走。"

十三

大暑时分，万家吉祥公司的重型机械开进万家埠村，打桩声"咣咣咣"日夜不停。除了余光明和关照，方圆十里再无人家，压根儿不存在夜间施工扰民一说。村西头水井旁一天工夫

　　　　　　　　　　　　·体　面·

便搭建起一座二层简易房,供建筑工人居住。建筑工人们看到偌大年纪的余光明亲自挑水,而且挑着水一路上坡才能回家,便要拿过担挑帮他挑水,却被他拒绝了。余光明觉得这是万家吉祥公司的苦肉计,一方面断水断电不停歇地施工,一方面威逼利诱还要工人们帮他挑水,这是"胡萝卜加大棒"。他余光明再不济也是在国企摸爬滚打四十年的人,见过世面也吃过亏,这点儿雕虫小技岂能逃过他的眼睛?

余光明用鼻子"哼"了一声,挑起两桶水,只觉两个膝盖瞬间丧失支撑力,两只刚刚离地的水桶"吧嗒"一声,重重砸在井台的花岗岩石板上。随着水桶落地,余光明双膝也跪在石板上。两名年轻建筑工人赶忙搀扶起他,余光明站起身,甩开两个工人,捡起石板上的担挑重新挑起水桶,往坡上的家走去。应该是天太热的缘故,余光明安慰着自己,吃力地迈着步子。走到将近一半,余光明刚要放下水桶歇息,突然觉得眼前一黑,身体像刚捞出锅的面条一样瘫软下去。地面不像井台那样平整,两只水桶歪倒在地,清凉的井水从他身体下面流淌过去时,余光明失去了知觉。

近两三个月,关照心情十分糟糕,这是自丈夫去世后,她心情持续糟糕时间最长的一次。打小就被妈妈教导要做一个体面女人,不管是在学校读书,还是在单位工作,关照始终保持着一个普通人最好的体面。即便是退休后成了社区大妈,关照也不参与中老年妇女的嚼舌头,就算被动听到张家长李家短,她也不会掺和,顶多笑吟吟地点点头或是摇摇头。那些年,她在社区广场上唯一听进去的闲话,就是余光明会疼女人。当然,社区广场大妈们的话题绝不肯少了猜测和怀疑,至于余光明为什么心疼梁筱筱,必定是余光明有短被梁筱筱抓住了。关照见过几次余光明,她觉得余光明跟自己一样是个体面人,体面人不会做龌龊事,至少没有社区大妈们猜疑的那种事。通过这几年的共同生活,关照很欣慰自己的眼光不错,余光明就是一个活得简单又体面的男人。可是谁又会想到,曾经体面的余光明会变成这副样子。余光明前年还批评世博园拆迁的钉子户,今年怎么自己也成了钉子户呢?如此看来,人性真的试探不得,在利益面前,体面和尊严都遮掩不住人性的不堪。

关照苦口婆心劝说,劝到词穷,劝到两边嘴角起白沫,依旧起不到丝毫作用。劝说间隙,关照无意间起身照了一下镜子,看到自己两边嘴角的白沫时,不禁心中一凛,这是她最讨厌的生理现象之一。难道每个人终究要活成自己最讨厌的样子?余光明说自己在国企摸爬滚打近四十年,是见过世面的。关照抽出一张纸巾,厌恶地擦去两边嘴角的白沫,对着镜子恨恨地说:"一辈子待在六平方米的扳道房里,你见过什么世面?"

说完这句话,关照有些诧异,诧异的不是话有多重,而是用了一种自己都不曾听过的陌生语气。余光明也愣住了,许久许久才听见他发出一声长长的叹息。关照说完那句话后,三间瓦房里整整一天一夜再没有人说话,闷热的空气裹缠住了那一声长长的叹息,让这个夏季的潮湿都变得颓废又恼人。

天还不亮,关照便起床了,又是一个睡得零零碎碎的漫漫长夜,打桩声几乎搞得她神经衰弱了。最近这两个月,她觉得整个世界都变了,余光明的性情也变了,不再像前几年那么温和宽厚,越来越暴躁,甚至摔打东西,连梁大姐的老榆木板凳都踢翻过好几回。前天,余光明再次把前来规劝的小万赶走,关照哭了整整一下午,哭着哭着她想明白一件事,半路夫妻既然过不到一起就干脆分开,反正两人没有领结婚证,也没有财产纠葛。当天晚上,关照把自己的想法和盘托出,余光明听到后默不作声半天,最后向关照道歉,承诺一个礼拜内,最多半个月就搬走。余光明的道歉没什么效果,关照已经觉得这件事让她心生厌恶,让她觉得很不体面。接下来的几天里,笑吟吟的常规表情在关照脸上消失了,她有时一天不说一句话,冷冷地看着余光明挑水、煮面,但一口都吃不下去。

十四

按照余光明的要求,小万带着万家吉祥公司的朱总来了。朱总之所以亲自来,是小万说余光明不再坚持要两万元一平方米了,正好他今天陪民政局领导来施工现场视察,送走民政局领导便跟着小万来到余光明家。

宾主握手寒暄之后,余光明开门见山地说:"我不想再难为小万,也不再坚持要两万元一平方米,我今天提一个你们能接受的条件,朱总如果答应,我明天就搬走。"朱总说:"把你的条件说出来听听,看看我能不能做主。"余光明说:"这栋房子是我和关照两个人的财产,但是我们两个人如果有一个先走了,你们的康养社区必须免费接收另一个人,直到剩下那个人自然死亡。"

大概是这个弯儿拐得有点儿大,朱总和小万一时半会儿都没跟上。朱总说他要跟董事会商量一下,争取尽快答复。

傍晚,小万打来电话,说公司同意了,法务部正在制定合同,明天就可以搞定。余光明也很干脆,说他现在开始打包,明天签完合同就搬走。关照终于开口讲话了,只是脸上不再含笑。她问余光明:"明天搬家搬去哪儿?"余光明笑道:"我上个月就在原先的小区租好了房子,租的还是我原来那个房子,上个租户刚好退房。"

第二天中午,小万来了,说公司也提出一个条件,需要余光明和关照出示结婚证。这个条件同样出乎余光明和关照的意料。两个人对望一眼,关照把头扭向一边,说她不想领结婚证。关照不仅不想领结婚证,这些天来甚至在考虑如何与余光明分手,因为她不想让自己的晚年再添一份堵。其实,两个人在最初相处时已经达成共识,一是无须领证结婚,二是如果一方长病,需要陪护的这一方就去养老院,另一方无须承担照料义务。这是余光明主张的,他觉得自己岁数大,没必要给关照添麻烦。

见此情景,小万从公文包里拿出合同递给师父,说这一条没有写进合同,只是今天上午朱总临时提了一嘴。余光明看合

· 体 面 ·

同时，小万又说，他之所以提到这一条，也是想趁此机会让二老去领个证，让彼此将来有个相互依靠的法律保障。没人接小万的话茬，关照正在收拾衣物往行李箱里装。余光明戴上花镜，仔仔细细把合同看了两遍，然后在合同上签字按了指印。小万拿着合同，让关照看合同、签字。关照淡淡地说："老余看完就行了，还需要我签字吗？"小万说："需要，因为房子是你们俩的共同财产，将来剩下的一位还要以此为据住进我们的康养社区。"在关照签字按指印时，余光明说他累了，要去卧室里躺一会儿。

余光明和关照重又搬回了原来的社区。搬回去后，关照才知道儿子把她原先的房子卖掉了。住进熟悉的房子后，余光明再没出过门，几乎天天躺在床上。老房子是两居室，两个人搬回来之后就分居了，一人一间卧室互不打扰。关照也不怎么在家里待着，她重又回归了社区广场，跟着大姐大哥们跳起健身舞。夏姐和傅大姐问关照，怎么看不见她家老余。关照只是笑了笑，没有点头也没有摇头，接着跳她的健身舞。夏姐主动安慰道："咱们这个岁数就别指望遇见爱情了，找个饭搭子，有个说话的伴儿，哪个脑梗心梗了，另一个能打电话叫救护车就行。"

关照仍是笑吟吟地不作答，继续跳着健身舞。

十五

时值立秋，青岛人终于在早晚感受到一丝凉气。

早晨，关照起床走出卧室，看见余光明坐在客厅的老榆木板凳上发呆。大概是许久没见到余光明下床了，关照随口问了一句："起得这么早？"余光明似乎在想着什么心事，木讷地点了点头，没有作声。关照接着问："今天立秋贴秋膘，你想吃点儿什么？"余光明扶着一旁的柜子，艰难地站立起来，大口大口地喘着粗气，说想吃腌钉螺。

　　关照去了镇江路市场，这回她没带蓝格子小拖车，是大包小包硬生生拎回来的。她还没忘买一啤的原浆啤酒。关照觉得今天需要喝点儿酒，她准备今天就跟余光明摊牌，讨论一下分手事宜。分手肯定会被社区议论一阵子，傅大姐就一直不看好他们，说老余没文化配不上她。傅大姐跟社区的老宋领了结婚证也分手了。两个人领证前说好财务独立，婚后却整天为生活开销争执。傅大姐觉得自己做饭、洗衣、收拾家务，老宋应该多负担一点儿日常开销，偏偏老宋摊上一个赌博成性的儿子，他时不时要替儿子还赌债。矛盾在前年冬天因为取暖费爆发了，他们只能以离婚收场。两年过去了，社区里已经没人再议论这件事。前天，傅大姐还鼓动大家集体找同一家养老院养老，说是可以彼此照应，单身的老头儿老太太还能搭伙做个"床伴儿"。谁人背后不说人，谁人背后不被说，半路夫妻谁能保证严丝合缝呢？过完大半辈子的人要跟另一个过完大半辈子的人重新磨合，相互间无法适应，分手也是正常的。关照在心里宽慰自己。

　　回到家中，余光明照旧躺在床上，眼睛盯着天花板发呆。做好饭后，关照喊余光明吃饭。半晌后，余光明才颤颤巍巍地走出卧室,坐在餐桌前也没动筷子,只喝了半杯原浆。关照问他是不是嫌菜不合口味,说钉螺要腌两天才能吃。就在关照准备提分手时,余光明说身体不舒服,要去床上躺会儿。关照只好收拾餐具,准备另寻机会讨论分手一事。

晚间,关照正在社区广场上跳健身舞,傅大姐风风火火跑过来说:"快去看,你家老余出事儿了。"

在街边公园,还是在那棵大黑松下面的连椅上,余光明穿着准备参加儿子婚礼的那身西装,闭着双眼端坐着,早已没了呼吸。连椅上放着一个飞天茅台酒瓶,还有一个白色小塑料瓶。连椅边上围拢着几个人,都是社区里熟识的大哥大姐。跟关照一起赶到现场的还有一辆救护车和一辆警车。医护人员摸了摸余光明的颈动脉,又用手电筒照了照他的瞳孔,向身边两位警察宣告人已死亡。一位警察戴着白手套,把连椅上的酒瓶和白色塑料瓶分别装进两个塑料袋。医护人员在征得警察同意后,把余光明搬上担架,准备抬上救护车。傅大姐问医护人员:"人都死了,你们还要拉去哪儿?"医护人员说:"十分钟前接到余光明先生的电话,可惜还是来晚了一步,余先生早在三个月前就跟医院签署了遗体捐献协议。"

一直没出声的关照问:"他为什么三个月前就去医院捐献遗体?"医护人员说:"你们若是有疑问可以咨询本院法务部。"说罢,他们把余光明的遗体抬上救护车。在蓝色警示灯的闪烁中,救护车开走了。一丝带着秋意的凉风吹过来,间杂着一两声轻微的叹息。

余光明去世两天后，社区微信群里冒出个叫"余家辉"的人，在群里发布了一条视频，这正是余光明的生前影像。余光明穿着那身合体的西装，面色十分平静地说："我三个月前体检时查出了肝癌晚期，我谁也没告诉，包括我的儿子余家辉。等我做完活检后，医生说我最多还有两个月时间，还好，我比医生说的多活了一个月。本来我不想打扰任何人，可我跟关照共同生活了几年，我担心我走后给她带来不好的影响，所以借这段视频在此澄清一下，是关照的悉心照料，让我多活了五年，是她让我感受到了晚年幸福。对于关照，我内心充满感激，谢谢你！也谢谢你们这些热心的邻居！非常抱歉，打扰你们了。"

·体面·

桂
仙

一

尚在垂髫之年,桂仙就迷上了五音戏。

一个暮春时节的傍晚,桂仙爹抱着桂仙走进家门。放下桂仙后,他把头上的高筒帽和胸前挂的"反动派"牌子摘下来,立在供龛下面。往日,桂仙会戴上爹的高筒帽玩耍一会儿,并学着爹的样子,背着手低着头,一副老老实实认罪的样子。这天晚上,桂仙顾不上玩高筒帽,因为有剧团来村里演出。桂仙跟她爹一样,都是戏迷。一家人胡乱嚼了两口玉米馍馍,桂仙爹抱起桂仙,喊上桂仙娘,直奔村场院的戏台。

白日里,桂仙爹在戏台上挨批斗,台下的桂仙"嘿嘿嘿"地笑出声来。桂仙的二哥不让桂仙笑,说"咱爹挨批斗呢"。桂仙听后,越发笑得前仰后合,她觉得爹头上戴着长长高筒帽的样子很滑稽。

黑夜里,桂仙骑在爹脖颈子上看五音戏,看样板戏,看到抽泣落泪。爹对桂仙说,娃儿不哭,台上演戏都是假的。桂仙闻听后,越发哭出声响来。桂仙爹想不明白,六岁的闺女能看懂戏,为什么看不懂他在戏台上挨批斗?

桂仙爹叫戴秉德,祖上曾经是戴家村的名门望族,他的曾爷爷还做过冀州县令。戴秉德像桂仙这般大的时候,常跟私塾里的同窗炫耀:

"我大伯手下的兵,比十个戴家村的人加起来还多。他跺一跺脚,整个济南府都晃悠。"

戴秉德还说:

"民国十七年蝗灾,若不是我大伯拨下粮食,淄川人全都得饿死。"

有同窗立刻反驳,说道:

"民国十七年蝗灾,是四仙奶奶舍生取义,屈尊嫁给你大伯做妾,才为淄川百姓换来粮食的。你家大伯为官不仁。"

后来,戴秉德的大伯带着家眷跑了,据说跑的时候只带了正房和六个子女,把四房小妾和戴家村的族亲全都扔下了。

自此之后,戴秉德再也不提大伯如何如何。戴秉德不提,别人却开始提他大伯。接着,戴秉德的族室宗亲被戴上高筒帽、挂上黑牌子,接受戴家村村民的批斗。批斗过程中,戴秉德方才清楚大伯压根儿不带兵,大伯是监察厅厅长。这些年来,戴秉德不仅在台上骂戴厅长,在心里也一样恨得牙根痒。批斗旷日持久,桂仙再上街玩耍时,开始有人管她叫反动派崽子。

桂仙其实分不清戏里戏外,因为晚上剧团演戏的时候,她经常看到白天狠狠批斗爹的人从身边走过,还管她爹叫四哥,或叫四叔。不管是叫四哥还是叫四叔,这些人脸上全都挂着笑，跟白天的凶神恶煞判若两人。这些人白天管她爹不叫四哥，也不叫四叔，而是叫国民党反动派。戏台下的桂仙爹，也不似白日里一脸苦大仇深，而是与叫他四哥和四叔的人笑嘻嘻打招呼。在桂仙的眼里，台上台下都是剧，白天黑夜都是戏，她不需要区分，只要跟着戏里哭和笑就可以了。

桂仙喜欢五音戏更多一些，因为五音戏里的人穿花花绿绿的戏服，而戴家村的人穿的都是破烂衣服。在桂仙眼里，花花绿绿的戏服是有魔力的，那些被裹在戏服里的人跟戴家村的人不一样，他们的眼睛更大，皮肤更白，声调也更好听。

二

岁数稍大一些，桂仙开始自己看戏，不仅在戴家村看戏，还跑到邻村去看。桂仙爹老了，不再出村看戏。不出村看戏还有一个原因，是没有桂仙爹喜欢的样板戏，只剩下桂仙喜好的五音戏。桂仙爹说，他小时候的五音戏好听，有名角尚四仙压台。桂仙问爹："尚四仙怎么不唱五音戏了？"桂仙爹叹了口气，说："红颜薄命，四仙奶奶走得太早了……"

桂仙的个头儿蹿高了不少，比同龄的男孩子都要高，她几乎是一夜之间长高的，长成了少女。桂仙不光个头儿像男人，长相上也没有女人味儿，虽说有一双大眼睛，可是在高颧骨、高眉骨和高鼻梁衬托下,再加上两片厚嘴唇,活脱脱一个北方爷们儿。别看桂仙长得像个爷们儿,桂仙爹还是把她当闺女看。他不放心女儿一个人跑到外村看戏,就让她二哥陪着。桂仙的大哥是个闷葫芦,整日里箍着嘴不舍得说话,把话全都攒着给了二哥。二哥能说会道,还粗通戏文,凡是看过的戏都能说出个一二三。戏台上的幕帘拉开后,二哥就给桂仙说戏,说角色、唱腔、故事。

桂仙问二哥:

"尚四仙后来怎么不唱戏了?"

二哥很是神秘,他小声对桂仙说:

"好像是你出生那年闹灾荒,听说那一年四仙奶奶被剧团开除了,皮村一户人家娶了她,当天晚上人就没了。"

桂仙打一激灵,对二哥说:

"骗人!怎么能呢?你亲眼看到了吗?"

二哥说:

"俺听大人说的,还说转天皮村那家人被一个地滚雷寻到家里,一家六口全都被劈死了。"

有一回,市五音戏剧团到皮村镇演出。为了占到戏台前排的好位置,太阳还没落山,二哥就带着桂仙到了皮村镇。去得太早,他们正赶上剧团的演员在戏台上吃晚饭,台下已经围了不少戏迷,都在看演员们吃博山菜。戏台中央摆了一张八仙桌和六口装道具的木箱子,普通演员都围坐在木箱子上吃饭,剧团的团长、副团长和台柱子玉妙音坐在八仙桌边吃饭。

二哥用手指着八仙桌,对桂仙说:

"玉妙音坐正位,团长和副团长坐偏位,坐下位的是咱皮
村镇的书记和皮村的书记。"

桂仙应该没有听进去二哥的话,她跟周围的戏迷一样,眼
睛盯在博山菜上,并跟着演员们把菜入口一起吞咽口水。

二哥接着说:

"玉妙音是尚四仙唯一的徒弟,她得了四仙奶奶的真传。"

台下看不见八仙桌和木箱上摆的菜,只能看到八仙桌比
木箱上的盘碗多。虽说看不见盘碗里的菜,但是演员们用筷子
把菜撺起来的时候,台下的戏迷们看得清清楚楚。副团长撺起
一个豆腐箱子的时候,旁边有个叼旱烟杆的戏迷嘴里发出馋
羡的"啧啧"声,笑道:

"副团长吃四个豆腐箱子了,把玉妙音的那份也吃了。"

另一个上岁数的戏迷说:

"玉妙音不吃豆腐箱子,她吃酥锅。"

叼旱烟杆的戏迷摇摇头,说道:

"怎么会有人不吃豆腐箱子,咋想的呢?"

上岁数的戏迷说:

"成名成角儿的人,跟泥腿子能一样吗?"

桂仙毕竟是个孩子,她不光吞咽口水,还跟着玉妙音一起
张嘴,闭嘴,咀嚼,再吞咽。二哥从缅裆裤口袋里掏出一个白面
馍馍,递给桂仙,让她压一压肚子里的馋虫。桂仙算是戴家村里

少有的娇贵孩子,不过也就是隔三岔五能吃个白面馍馍。至于博山菜,她只有过年的时候才能吃一回,但是也吃不全,最多吃上博山酥锅、博山炸肉、博山烩菜、琉璃地瓜、八宝饭、炸春卷。

就着戏台上的豆腐箱子和博山炸肉,桂仙吃掉一整个馍馍,好在口水分泌旺盛,干硬的馍馍也没能噎住桂仙。令她想不透的是,玉妙音为什么不吃豆腐箱子,神仙都忍不住那香啊。

玉妙音放下筷子,从裤兜里掏出一块雪白的手绢,轻轻地擦拭着嘴唇,而后,在把白色手绢装回裤兜的同时,掏出一个黄色烟盒,并从中抽出一支香烟。坐在下位的皮村书记,赶忙欠身划着火柴,给玉妙音点上烟。玉妙音微微抬了抬屁股,伸出两只纤细干枯的白手护住皮村书记的火柴,一股白烟便从四根手指中间飞扬开来。瞬间工夫,桂仙就能闻到一股烟草的香味儿。台下的戏迷们纷纷耸动鼻翼,铆足劲儿把香烟味儿吸进肺里,因为这是从玉妙音嘴里吐出来的香烟味道。站在上风口的戏迷们情不自禁地移动脚步,挤到戏台的下风口,都想沾一沾玉妙音嘴巴里吐出来的香味儿。有人情不自禁跟着点上香烟,劣质烟草味儿飞起来的时候,周遭的人向他投去厌恶的目光。那人知趣地掐灭烟头,把剩下的半截香烟夹到耳朵上。

二哥狠狠地吸足一口气,半晌才吐出来,他对桂仙说:

"玉妙音抽的是凤凰烟,只有凤凰烟才这么香。"

桂仙眼巴巴地望着玉妙音,连眼睛都不带眨一下,看着她跷起二郎腿吸烟、吐烟的样子,觉得她像仙女一样优美。

半晌后,桂仙悠悠地说道:

·桂仙·

"真好！"

二哥说：

"你喜欢五音戏，干脆拜玉妙音为师吧，整日吃香的喝辣的，多恣啊。"

桂仙终于扭头，瞪大眼睛问二哥：

"玉妙音真的会收俺当徒弟？"

二哥说：

"你得当面问她，还得叫她师父，看她答不答应。"

桂仙当真上了戏台，正赶上玉妙音在台子边上下腿劈叉做热身。桂仙轻挪脚步，怯怯地走到玉妙音背后，鼓足全身气力，说道：

"师父……您收俺做徒弟吧，俺想唱五音戏。"

玉妙音收腿立身，转过头来，看到站在背后的桂仙。她上下打量着桂仙，过了片刻后，悠悠地说道：

"不要从别人的背后跟人打招呼，不体面。"

桂仙似懂非懂地点着头：

"俺知道了，师父。"

玉妙音伸出她白皙干枯的手，做了一个戏台上的兰花指手势，说道：

"且慢，不要叫我师父，我是不会收你做徒弟的。"

桂仙脸色涨红地愣在原地，嗫嚅道：

"为什么……不收俺当徒弟？"

玉妙音背对着桂仙，接着压腿抻筋，说道：

“姑娘,不是我不收你,是祖师爷不赏你这口饭。”

桂仙有些好奇,嘴巴也干脆利落起来:

“祖师爷是谁?为什么不赏俺饭吃?您的十几出戏,俺都能唱下来,唱全本。”

玉妙音冷冷一笑:

“不是开口唱的事儿,你这副长相和身板,任何戏装戏服都遮不住丑。”

桂仙虽年龄小,却也能听明白玉妙音言语里的分量,心顿时凉了半截。就在此时,有人捧过来戏装,玉妙音双手往背后一耷拉,五彩戏装便罩上身了。玉妙音瞬间炫丽起来,她的周边晕出淡淡的光环,光环的外圈隐隐地散发出光线。从那一刻开始,桂仙觉得玉妙音越来越耀眼,而她却变得越来越小,小到可以从戏台的木板缝隙里钻进去。就在她即将陷落进木板缝隙里的时候,有人一把攥住她的胳膊,生生地把她从木板缝隙里拉了上去。桂仙看了一眼拉她手臂的人,发现是二哥。二哥没有松开手,拉着她走下戏台,背后传来玉妙音的声音:

“喜欢唱五音戏挺好,当个自娱自乐的业余爱好吧,哪天派上用场也是没准儿的事儿。”

三

皮村名字叫村,其实是一个镇。皮村镇不大,燃一炷香的工夫，便可绕镇子走一圈。皮村镇小，因为它原本是一个村子，镇政府落户在皮村，才改成皮村镇。如此说来，皮村镇还是一个村。

不知道从何时起，一些南方人来到了皮村。这些人大多是两口子，甚至还带着小孩。他们在镇上租下临街的房子，卖一些皮村人从未见过的新鲜玩意儿——电子手表、蛤蟆镜、录音带、港衫……南方人把自己的小卖店装扮得花里胡哨，录音机里播放着售卖的录音带，全都是一些好听的流行歌曲，南方人说香港和台湾地区都听这样的音乐。

皮村往北十里地路程，越过盘山，便是戴家村，也就是戴桂仙所在的村子。桂仙初中毕业后，在皮村一家食品厂做临时工，一干就是七年。在第七个年头，桂仙跟食品厂的货车司机阚国良确定了恋爱关系。国良比桂仙大六岁，身高比桂仙矮半个头。与桂仙脸上的棱角分明相比，国良的脸显得又扁又平，若是把两个人的脸比作建筑物，桂仙是一座塔，国良则是一间平房。

撮合两个人谈恋爱的是车间主任。主任对桂仙说：

"皮村会开车的司机总共不到十个人，国良家在镇上还有一栋临街的二进院，就算是大六岁，你也不吃亏。"

主任回过头对国良说：

"皮村比桂仙高的女人不超过五个，正好改良你们阚家的遗传基因，娶个比你小六岁的小媳妇，算你占了大便宜。"

桂仙和国良都到了谈婚论嫁的岁数，虽说彼此感觉不算太中意,可毕竟都觉得占了便宜,也就半推半就结婚了。结婚那天,天降大雨,国良亲自开着大头车去戴家村接亲。桂仙娘家送亲的人有十几口子,只能在后车斗里淋雨。等大头车开回皮村的时候,送亲的娘家人全都成了落汤鸡。看着这副光景,国良妈心里犯嘀咕:结婚下大雨,新媳妇不是个善茬儿。

阚家确有一栋临街的二进院,前后总共有六间房。国良结婚后,阚家便分了家,国良的父母住着临街三间房,国良和桂仙住后三间。国良在后院西墙上开了一个门,便于进出。结婚前夕,桂仙把国良准备的"结婚四大件"里的手表改成了录音机,文艺女青年的本色不改。有了录音机,桂仙下班后就把录音机打开,一盘接一盘放流行歌曲录音带,一直放到上床睡觉。国良妈是皮村出名的厉害角色,国良的大哥和嫂子结婚八年没有生育,两口子被国良妈骂得在皮村抬不起头来。对于桂仙这个新儿媳妇,国良妈和国良的态度差不多,没有多喜欢也没有多不喜欢。在得知一盘录音带要三块五毛钱后,这个厉害婆婆第一次发威了。那天晚上九点多钟,桂仙和国良正准备关掉录音机上床睡觉,国良妈站在院子里大声叫国良。国良慌忙下床,趿拉着拖鞋,拉开房门,问他妈什么事儿。国良妈拉长了脸,粗声粗气地说道:

"花那么多钱买录音带,听那些骚声浪气的调调能当饭吃?"

国良赔着笑脸,对他妈说道:

"年轻人听听流行歌曲,也是正常的娱乐生活嘛。"

国良妈越发提高声调，要让屋里的桂仙听见：

"娱乐有个屁用，能生出孙子来？"

婚后第二年，桂仙怀孕了。这之后，婆婆的脸色和悦了许多，也不再管桂仙听流行歌曲了。这年冬天，刚刚下过头场大雪，婆婆托亲戚从莱芜买来一整只羊，给桂仙滋补身体。公爹亲自操刀下厨房，煮完了焖，焖完了炒，炒完了涮，把一整只羊全喂给了桂仙一个人。吃到最后，桂仙闻到羊膻味儿就哇哇吐。吐完之后，桂仙刚刚漱了嘴，婆婆又端上一碗羊汤，叮嘱她，为了肚子里的孩子也得把羊汤喝了。

桂仙强忍着恶心和眼泪，对婆婆说：

"加点儿胡椒面吧，要不真咽不下去了。"

婆婆站在原地动也不动，口吻却严厉起来：

"酸儿辣女，不能放胡椒面。"

桂仙说：

"胡椒面不是辣椒面，胡椒面不辣。"

婆婆说：

"胡辣，胡辣，都是辣的，不能吃。"

桂仙终是没有忍住，眼泪滴进羊汤里。最终，她把汤喝进肚子里，可最后一口羊汤还含在口腔，胃里便一阵翻腾，随即一支汤箭激射到婆婆身上。从胃里射出来的一小片芫荽叶子，完整地挂在婆婆的白色围裙上，桂仙觉得那是她吐出的苦胆。

终于熬到分娩，桂仙生下一个女孩。婆婆站在院子里，柴

狗大黄摇着尾巴跑过来,用脑袋蹭着婆婆的腿。婆婆一脚踢开大黄,嘴里骂道:

"败家玩意儿!不争气的肚子吃龙肝凤胆都是糟蹋东西,早知道还不如把一整只羊拿来喂狗。"

桂仙听到院子里传来窸窸窣窣的声音,大概是公爹正在往屋里拉扯婆婆。

四

孩子生下来三个月,公爹、婆婆、丈夫都懒得给孩子起名字,桂仙只好自己来,她给女儿取名阚竟男。

桂仙在皮村的日子越来越艰难。先是婆婆发难,说桑梓地里长艾蒿,还混吃了一整只莱芜羊。婆婆对桂仙的态度很快影响到街坊四邻,皮村的女人们看见桂仙的时候,脸上都挂着幸灾乐祸的笑意。鄙视桂仙的行为像瘟疫一样,在小小的皮村蔓延开来。在一个相对封闭的圈子里,当所有人无力向上的时候,看的是谁最倒霉。倒霉的人越惨,其他人的幸福感越强。

皮村同一时期结婚的有三户人家,另外两户都生了儿子,唯独国良家生的是女儿。走在皮村唯一的商业街上,两个生了儿子的女人骄傲得像两位公主,买东西的时候都懒得跟南方人讨价还价。桂仙骨子里是个硬气的女人,不甘心在皮村就此沦落,她决定用子宫改变命运。竟男三岁的时候,桂仙再次怀孕,夫妻二人双双丢了工作。关于传宗接代这事儿,公爹大概是胆儿小,反倒是无所谓的样子。婆婆却很积极,她坚决支持桂仙生第二胎。婆婆安慰桂仙,说临时工算不上正经工作,实在不行,她和公爹搬进后院住,把临街三间房租出去当铺面,把孙子养大成人不算事儿。

到了年底,即将临盆的桂仙几乎天天晚上做噩梦,梦见自己又生下一个女儿。就连生产前一天晚上,她躺在镇卫生院的床上,还又做了一个梦:二哥领着她上了盘山的东来寺,她本来想去拜送子观音,不料遇见一位穿一身白衣的老妇,老妇拦住她,冷冷地说道:"命中无子莫强求,强求来的全是愁……"

桂仙再次从梦里惊醒,肚子一阵比一阵疼痛难忍,头上、脸上、手心里全是汗,她甚至还能闻到寺庙里的香火味道。桂仙绝望地闭上眼睛,在心里念叨,完了,完了!

果然,又是一个女儿。躺在简陋的手术室里,桂仙咬得牙齿"咯吱吱"响,明白自己在皮村再无翻身之日。

这一回,桂仙都懒得为孩子起名了,索性就叫她二丫。

五

一家六口人,上有两个老人,下有两个未成年的女儿,桂仙和国良又都没有工作,阖家成了皮村最可怜的困难户。

公爹和婆婆果真搬到后院住了,六口人挤进三间平房,临街的三间房租赁给了一对年轻的温州小夫妻。温州两口子都是裁缝,皮村有了第一家会做西装的裁缝店。男裁缝姓姜,皮村人都管他叫小姜,至于名字叫姜什么,没有人在意。小姜管他老婆叫小丽,皮村人也管小姜老婆叫小丽。小姜和小丽租房子的时候,只提出一个要求:要在屋里间隔出一个洗手间。国良问什么是洗手间,小姜笑着说,就是洗澡的地方。

小姜和小丽长得都很白净,皮村人都说他们两口子像兄妹。小姜负责为顾客量身和裁剪,小丽只管缝纫和熨烫。温州小两口性情温和,连说话的声音也很小,缝纫机"咔嗒咔嗒"响起来的时候,便会淹没两口子说话的声音。

裁缝店的租金不够阚家六口人吃饭,国良不得不另外想办法。国良有了打算,也不会跟桂仙说,而是跟他爹娘商量。他打算借钱买一辆货车,跑长途运输赚钱。自打生下二丫,国良对桂仙的态度也急转直下,好几天都不跟桂仙说一句话。至于房事,一两个月才有一两回,行房事的时候,国良也是一声不吭。刚结婚那阵子,只有两口子住后院,国良每次都让桂仙使劲儿哼唧。自打公爹、婆婆搬过来同住后,桂仙哼唧超不过两声,国良就会腾出一只手捂住桂仙的嘴巴,生怕被另一间屋子里的爹娘听到。桂仙明白国良的用意之后,每回行房事的时候,故意拔高哼唧的声音,她觉得这是反击婆婆的唯一的武器。

桂仙记得最近一次房事是一个多月前,那天晚上,是她招惹国良的。国良在被窝里脱秋裤的时候,对她说:

　　　　　　　　　　　　　·桂　仙·

"去把下面洗一洗。"

桂仙哼唧着说：

"等完事儿再洗。"

国良问道：

"为啥？"

桂仙说：

"省水。"

国良把刚脱下的秋裤又穿上，说他今天着凉了，想睡觉。

闲极无聊的时候，国良喜欢待在裁缝铺子里，看小姜和小丽裁剪衣服。国良也跟小姜和小丽聊天，主要是跟小姜聊，偶尔也会找小丽说几句不咸不淡的话。国良瞅着屋里用胶合板间隔的洗手间，问小姜里面能不能洗澡。小姜说能洗，用洗手盆简单擦洗一下。

小姜说这些话的时候，国良瞥了小丽一眼，看到她脸上泛起红晕，一直红到脖子。

国良东借西凑要买一辆二手货车跑长途运输，最后还差三千多元，小姜和小丽借给他四千元。弄完货车的过户手续之后，国良立刻揽活儿开工了，是从洪山煤矿往青岛发电厂运煤。算上两头装煤卸煤，去一天回一天，跑一趟活儿是两天时间。国良是个勤快人，脑子也够灵活，把煤矿和发电厂的关系维护得挺好。国良隔三岔五会给煤矿管事的人送青岛海鲜，也会给发电厂管事的人送莱芜羊。两头的关系打点好了，国良货车的装货卸货都不会耽误,每个月的运费也从未被拖欠。

国良跑了一年多大货车运输后,阚家的窘境得到了改善。国良粗略算过账,再跑两年大货车,就能把全部欠款还清。国良跑运输赚钱后,没有像其他皮村人那样把钱交给媳妇,而是把钱全都存在存折里,只给桂仙很少的钱,支付家中生活费用。桂仙也曾向国良讨要过存折,国良说他要攒钱还债,等还清债务再说。

皮村会开车的人早就超过了二十人,但是能够买上大货车跑运输的,只有国良一个人。走在皮村的商业街上,国良又是一个能够挺直腰板的男人了。

都说是夫贵妻荣,可是桂仙的处境没有太多改善,她仍旧活在皮村妇女鄙视链的底端。向来不认输的桂仙也想过很多办法,她甚至主动向四邻示好,把国良从青岛带回来的蛤蜊、蛏子每家分上一碗。吃上青岛海鲜的人们,内心除了感谢国良之外,也开始隐隐地嫉妒国良,对桂仙顶多给个笑脸。回到家中,若是婆婆心情不好,桂仙还是会被指桑骂槐数落一通。婆婆说她是败家娘儿们,拿左邻右舍不相干的人当神一样供着。每次遭到婆婆数落,桂仙就会觉得气短头晕。每当头晕的时候,桂仙的眼睛里就会冒出一群小猴子蹦来跳去,跳得她越发头晕脑涨。桂仙不敢还嘴,有一回她跟婆婆对骂起来,正巧国良回家撞见。国良不问青红皂白,当即把桂仙一脚踢倒在地,随即脱下鞋来,用鞋底子把桂仙的嘴巴子抽肿了。肿着嘴巴子的桂仙,两天不敢出门,生怕皮村的女人笑话她。自此之后,桂仙只能由着婆婆恶骂。

放下盛蛤蜊的瓷碗，桂仙回到自己房中，静静地数着眼睛里的小猴子，每一只猴子都有一双闪着金光的眼睛。数着数着，桂仙不由自主地冒出一句戏词：

"孽障！"

正在一旁写作业的竟男被妈妈吓了一跳，她抬起头来，问妈妈：

"谁是孽障？"

桂仙的眼泪在眼眶里打转，继续用戏词回道：

"浩浩乾坤，奸佞当道，孽障横行……"

六

在整个皮村，桂仙找不到一个能说上话的人。找不到人倒苦水，有两个好处，一是不会因为闲话生出是非，二是便于桂仙反思。思来想去，桂仙觉得自己受气的原因也有两个，一是人善被人欺，二是丈夫国良不肯为自己撑腰。面上不肯撑腰也就罢了，私下里，丈夫对自己也越来越冷淡。结婚十几年来的怨气，像一张铺天盖地的大网，笼罩着孤立无助的桂仙。有些时候，桂仙不得不拿两个女儿撒气，没来由地随手抓过来一个，用笤帚打一顿屁股。二丫生性机灵，从小就学会察言观色，看到妈妈变了脸色，便赶紧凑到爷爷奶奶身边。老大竟男稍显木讷，不仅不知道避让，挨打的时候也不会求饶，只是号啕大哭，一边哭一边问妈妈"为什么打我"。许多年打下来，两个有血缘亲情的女儿跟桂仙也不亲了。不仅不亲，竟男还私下对二丫说：

"我们以后考上大学，离开皮村，再也不要见她。"

青岛有一条即墨路，是一个专门批发服装和小商品的集散地，据说那里的东西比南方人在皮村卖的还便宜。于是，皮村的人经常会跟着国良的货车去青岛，到即墨路上买东西，买完东西后，再跟着国良的货车回皮村。喜欢去即墨路买东西的大多是女人，国良的货车每回只能拉两个人，身材瘦小的女人能拉三个，全都挤在副驾驶座位。随着即墨路小商品影响力扩大，国良越发成了皮村的红人，所有女人都想跟他搞好关系，搭上跑青岛的顺风车。

小姜一两个月要回一趟温州，从温州带回最时尚的西装面料，一来一回大概一周时间。有一次，小姜回温州后，小丽提出要跟国良去青岛，因为她听说即墨路进了一批美国的休闲西装，想去买一件回来学习一下国外的裁剪技术。听说小丽要去青岛，桂仙说她也要去，她要去即墨路批发一些西装领带回来卖。国良说车里最多挤下三个人，他早就答应了后街的闫芳、闫莉姐妹俩，让桂仙等到下一回再去。

第二天上午，桂仙在皮村的商业街上闲逛，她想看看商业街卖西装领带的店铺有几家。事有凑巧，桂仙在刘记烤鸡店外

· 桂 仙 ·

遇见了后街的闫莉。桂仙问闫莉：

"你没有跟你姐去青岛？"

闫莉撇了撇嘴，说国良原本答应今天带她和姐姐去青岛，可不知道为什么没来接。

桂仙的脑袋嗡嗡作响，眼睛里的小猴子翻滚折腾个不停，她心里担心的事儿终于发生了。凭女人的直觉，桂仙觉得国良喜欢待在裁缝铺子里，目的就是想勾搭小丽。都说兔子不吃窝边草，国良就不怕小姜知道？就算能瞒住小姜，就不怕小丽耍赖不交房租？就算你国良现在能挣钱，不把房租看在眼里，难道你就不考虑我戴桂仙的脸面？也是，阚国良能用鞋底子把她嘴巴子抽到肿，他几时考虑过她的脸面……

桂仙没有忍住，她站在皮村商业街上斥骂了一句戏词：

"孽障！"

闫莉被桂仙吓了一大跳，白了她一眼，转身去买烤鸡了。

七

小姜回到皮村后，大家的日子又恢复了以往的平静。这期间，桂仙跟着国良去了一趟青岛，她从即墨路批发回来了五十条西装领带，放在小姜和小丽的裁缝铺子代卖。两家的买卖放在一起做，桂仙便有了借口，整天泡在裁缝铺子里。有时候，碰上小丽出门有事儿，桂仙就会试探小姜，问他们为什么不要孩子。小姜白净的脸上便泛起微红，说他们还年轻，想多赚点儿钱之后再要孩子。桂仙说没钱也能把孩子拉扯大，有了孩子才能拴住女人的心。

这句话说完，桂仙发现小姜脸上有些不自然，甚至变成了苦笑。

小姜轻叹一口气，说道：

"顺其自然吧。"

桂仙不是不想把窗户纸捅破，实在是她没有抓到确凿的把柄。那一次，桂仙质问国良，为什么单独带小丽去青岛。国良的神情顿时紧张起来，他说没有单独带小丽去青岛，还说是洪山矿赵队长的老婆和小姨子要去青岛，他只能扔下闫芳、闫莉。桂仙觉得国良在撒谎，因为他是头一天晚上答应闫芳、闫莉的，那天晚上不可能知道赵队长的老婆要去青岛。分明是国良在那天晚上得知小丽要去青岛，第二天早晨便扔下闫芳、闫莉，和小丽单独跑去了青岛。

即便是没有证据，桂仙还是忍不住，把小丽跟随国良去青岛的事儿告诉了小姜。

小姜听后，眉头紧蹙了片刻，随后笑了笑说：

"真是给大哥添麻烦了。"

这一刻，桂仙明白了，小姜是个不中用的货。

中秋节前夕，小姜又回老家温州了，还是留下小丽一个人。这一回，小丽没说要跟国良去青岛。小姜走后的第二天，桂仙看到裁缝铺上了锁，而国良这一天出车也早，天不亮就出门

·桂仙·

了。桂仙心里顿时明了:小丽又跟国良去了青岛。桂仙平日里受婆婆的气、受丈夫的气、受皮村女人们的气也就罢了,外地人小丽也要蹬鼻子上脸,让她如何都咽不下这口气。桂仙蹬上自行车,一口气骑回娘家戴家村。桂仙的父亲三年前去世了,母亲跟随两个哥哥生活。桂仙没来得及去大哥家看望母亲,径直奔去二哥家,她要找二哥帮忙去青岛捉奸。

二哥在戴家村摆了一个蔬菜摊,不仅卖菜,还卖猪肉、牛肉、羊肉和鸡蛋。用二哥的话说,他干掉了戴家村五个蔬菜摊,垄断了戴家村的肉菜行当。二哥之所以能做到一家独大,是因为他买了一辆机动三轮车,可以跑到王村的批发基地拉蔬菜,肉菜价格卖得比同行都便宜。

二哥从小与桂仙交好,听到妹妹诉说妹夫的种种不是,便打定主意要为妹妹撑腰。前些年,桂仙哭着回娘家,让二哥看她被国良用鞋底子抽肿的嘴巴子。二哥二话没说,从肉案子上抓起一把剔骨刀,开上三轮车就去了皮村。剔骨刀架在国良脖子上,差点儿把他吓尿裤子。从那之后,国良再也没敢对桂仙用过鞋底子。

二哥把菜摊交给二嫂,兄妹二人坐上长途中巴车,直奔青岛而去。桂仙跟着国良来过青岛,住在黑龙江路一家旅馆。当时,桂仙带着酸楚的语调问国良,是不是每次来青岛都住这里。

国良说是的,他说住这家旅馆方便,能停大货车,去即墨路市场坐公交车也方便。

桂仙带着二哥辗转找到黑龙江路那家旅馆时，已经是晚上八点钟，他们在后院里看到了国良的拖挂货车。兄妹二人走进旅馆，看见一个风琴大小的柜台后面坐着一个四十多岁的中年女人。

桂仙问中年女人：

"阚国良住哪个房间？"

中年女人扫了戴氏兄妹一眼，说这事儿不能随便说。二哥从口袋里面摸出一张十块钱的纸币，放在风琴大小的柜台上，指着桂仙对中年女人说道：

"没啥大事儿，她是阚国良的老婆，俺们来捉奸，把人教训一下，不会出人命的。"

中年女人犹豫了一下，把十块钱捏起来，塞进裤子口袋，对二哥和桂仙说道：

"不能把事情搞大，损毁房间物品都要按照原价赔偿，你们明白吗？"

桂仙点了点头，二哥说明白。

中年女人说：

"313房间，把头最里面那间房。"

站在313房间门前，戴氏兄妹对望了一眼，二哥便开始举起拳头砸门。

房间里一个男声问道：

"谁？"

二哥在门外高声喊道：

·桂仙·

"狗男女快开门,是俺,戴桂忠!"

房间里不再有任何动静,二哥砸门的声音更大了。

桂仙在一旁搓着手,喊道:

"狗男女穿上衣服就不认账了,踹开门!"

二哥往后退了两步,抬起右腿踹向房门,"砰"的一声响,313房门被踹开了。桂仙抢先冲进房间,屋里只有一张凌乱的双人床,小丽披头散发坐在床上,白皙的脸上已经失了血色。

此刻,桂仙早就气血翻涌,眼前不停地蹦出那群小猴子。她厉声问道:

"孽障,阚国良呢?"

小丽没有说话,只是稍稍扭头看了一眼窗户,窗扇大开。桂仙快步奔到窗前,探出半个身子往下看去。一楼的房间里透出一些光亮,借着灯光,桂仙看到楼底下躺着一个人。

八

竟男考进了区里最好的高中,每个周末回家一趟。竟男的学习成绩一直很好,初中的班主任说她将来肯定会上一所好大学。二丫今年读初中一年级,她在功课方面不如姐姐认真,倒也是班级里前十名的水平。姐妹俩还有一个共同之处,都属于内向性格的人,尤其是姐姐,一天说不上两句话。自从国良瘫痪以后,竟男越发沉默,沉默得像一座行走的蜡像。其实,竟男有一个倾诉对象，她会对着日记本发泄。十六岁的竟男在一篇日记里写道："男人和女人为什么非要结婚？不相爱的两个人，只为了搭伙过日子，死乞白赖凑在一起，不仅是两个人的悲剧，也让一家人身处地狱。"

竟男从小挨过妈妈很多打骂，在心底里，她是憎恶妈妈的。但随着年龄渐大，尤其是爸爸瘫痪在床这三年，竟男目睹了妈妈的艰难境遇，似乎不再像小时候那样憎恶妈妈了，但也无法亲近她。先是家里的经济顶梁柱坍塌了，接着是裁缝铺子关门，小姜和小丽离开皮村，维持阚家生存的唯一经济来源也断了。

奶奶把四仙奶奶的牌位供奉在院子里，她跪在牌位前上香的时候大声祈祷：

"引雷御火的四仙奶奶，求你降下地滚雷，劈死阚家的克星戴桂仙，俺天天给你上香磕头……"

奶奶在四仙奶奶牌位前祈祷的时候，从不避讳妈妈。奶奶几乎每天咒骂妈妈，说是她害得爸爸瘫痪，说她是阚家的克星。起初，妈妈对这件事情不反驳，像以往一样逆来顺受听着。奶奶骂了妈妈整整一年后，妈妈开始反击了，她从简单的言语顶撞到跟奶奶对骂，家里每天吵闹得不可开交。从两个女人的对骂中，竟男和二丫全都听懂了：爸爸与小丽在青岛鬼混，妈妈带着二舅去捉奸，爸爸从旅馆三楼跳下去摔断脊椎骨，造成高位截瘫……

·桂仙·

国良高位截瘫第二年，在二哥的帮衬下，桂仙在皮村也摆了一家蔬菜摊。皮村已经有两家蔬菜摊，人家也用三轮车直接去王村进货，桂仙卖菜、卖肉、卖鸡蛋没有价格优势。加上皮村人歧视，桂仙的菜摊勉强维持一家人生计。皮村人买菜时会反复挑拣，例如买棵白菜，在其他两家菜摊要剥掉一层白菜叶子，在桂仙的菜摊能剥掉两层白菜叶子。那些受过国良恩惠的皮村女人，不仅要剥掉两层白菜叶子，还要甩几句难听的话给桂仙。听了一年指桑骂槐的闲话，桂仙彻底蔫了，她甚至不再与婆婆对骂，任凭婆婆把诅咒她的话说到鼻梁骨上。桂仙变得越来越沉默，除了在菜摊上报出什么菜多少钱一斤，她几乎不再说多余的话。桂仙的眼睛失去了光彩，暗淡到像是一个等待死亡的人。

　　婆婆和公爹重新搬回临街的三间平房住，后面的三间平房，二丫住一间，桂仙和国良住一间。卧在床上的国良，三年来与桂仙几乎不讲一句正经话。他只要张嘴，肯定是恶毒地咒骂桂仙，即便是当着两个女儿的面。都说女儿是父亲的小棉袄，可国良对两个女儿也不待见，没瘫痪的时候不待见，瘫痪之后越发把自己孤立起来。

　　在这个六口之家里，竟男和二丫不讲话，桂仙也不讲话。国良偶尔讲话，却是对桂仙的诅咒和谩骂。经常开口讲话的人是婆婆，婆婆张嘴几乎也是骂桂仙的话。阚家的另外一个声音来自公爹，公爹会小声劝婆婆：

　　"别把话说那么绝，她也不容易……"

九

熬到竟男考上大学后,二丫也考上了区里的高中。二丫像姐姐竟男一样憎恶妈妈,她连周末都懒得回家,说是要在学校里复习功课。竟男反倒给二丫写信,劝说二丫要理解妈妈不易,让她周末回家看看妈妈。二丫给姐姐回信,说等到她考上大学、离开皮村这个鬼地方之后,她才有可能学会理解妈妈。竟男给妹妹回信,写道:"我们不原谅她,但可以试着去理解她。家里的经济状况很难供养两个大学生,但是她还在苦苦支撑这个家,她活得很辛苦。还好,等你读大二的时候,我就开始工作赚钱了,我会负担你的学费。"

最近半年以来,阖家沉静了。因为公爹病了,婆婆已经无暇咒骂桂仙。在皮村的这栋二进院里,前后屋里躺倒两个男人,剩下的两个女人全力操持,维护着这个家庭暂时不散架。每过半个月,桂仙就要给两个男人全身擦洗一遍。她给国良擦洗的时候,国良从来不正眼看她。桂仙已经习惯国良的漠然,她也一样的沉默无语。给公爹擦洗的时候,桂仙只是擦洗四肢和躯干,然后把毛巾冲洗干净递给婆婆,由婆婆来擦洗公爹的私处。整个过程下来,至少持续两个钟头,四个人没有一句言语。

公爹病倒这半年,婆婆对桂仙的态度有所缓和。缓和不是表现在言语上,而是体现在两个女人的默契上。婆婆每当给公

·桂仙·

爹擦洗完私处,便会把毛巾扔进洗脸盆。背身坐在一旁的桂仙,听见毛巾"吧嗒"落进洗脸盆里,便站起身来走到公爹的头部位置,婆婆则绕到公爹脚部位置,两个女人不用喊号子,就能一手高一手低扯起床单,把公爹的身体翻转过来。然后,桂仙端起洗脸盆走到屋外,重新换一脸盆清水,给公爹擦洗后背。擦洗公爹后背由桂仙一个人来做,婆婆坐在一旁仍旧一言不发,直到桂仙擦洗完毕,婆婆才会发出一声叹息。这声叹息很轻,但是肯定会让桂仙听见。这一声不含丝毫戾气的叹息,包含着一丝和善,或许还有一点儿谢意。如此这般复杂的叹息,婆婆能够准确表达,桂仙也能如数收悉。

阚家消停下来,让四邻八舍都觉得奇怪,他们已经习惯了阚家的争吵声。半年工夫便有闲话传出来,都说是阚家闹"大仙",是"大仙"封住了阚家人的嘴巴。

公爹静静地躺着,一直撑到年底,却没有熬过春节,在沉默中悄然死去。

听说父亲去世,躺在床上的国良喊了一嗓子,他叫道:

"爸啊,让俺跟着你一起走吧!"

闻知爷爷的死讯,竟男和二丫从学校请假回到皮村。阚家在院子里用一块油布搭起一座灵棚,干瘪得像一片枯树叶的阚家老爷子躺在一块门板上,身上穿着不合体的寿衣。阚家的大儿子和大儿媳过来守灵,他们俩平日里几乎不进阚家大门,单独住在皮村西头。阚家的族亲有人来吊孝,大儿子和大儿媳跪在一旁磕头,陪着族亲干涩地哭号几嗓子。到了晚间,大儿子和大儿媳便回到村西头家中,灵棚里换了桂仙、竟男、二丫和婆婆守灵。守灵期间,香火不能断,一炷香烧完,桂仙就要起身点上另一炷香。

皮村的风俗要在家守灵三天,阚家的大儿子、大儿媳负责白天,桂仙、竟男、二丫和婆婆负责晚上。连续熬夜任谁都受不了,第二天到了后半夜,桂仙就让竟男、二丫和婆婆去睡觉,她一个人焚香守灵。到了第三天后半夜,桂仙也已疲乏至极,呆坐在灵棚里,时不时地犯迷糊,眼睛里又蹦出那些两眼冒着金光的小猴子。迷迷瞪瞪的桂仙,倚卧在一把竹椅上睡着了。迷离中,桂仙穿上戏服,听着锣鼓点,款步走上戏台。戏台下面人山人海,她从众多人里面一眼看到了父亲、母亲和二哥。二哥冲着她伸出大拇指,父亲则对着身旁批斗他的人说道:

"我闺女,名角儿,是玉妙音的徒弟,也就是尚四仙的徒孙。"

桂仙舒展水袖,轻迈台步,步子顺畅得像孝妇河的流水,没有丝毫阻滞。桂仙下腰时,瞥了一眼台子侧面的伴奏者,拉板胡的竟然是自己的丈夫国良,弹琵琶的则是小丽。

桂仙在心里暗骂一声:这俩浪货又搞到一起了。

桂仙起身亮相,引得台下一片喝彩声。桂仙心里想,自己已经是名扬一方的五音戏名角儿,跟国良和小丽这样的小老百姓计较什么?只要把戏唱好了,就要风得风,要雨得雨了。

·桂　仙·

思量到这里,板胡吊起一段散板唱腔,桂仙想也不想,张嘴便唱道:

俺婆婆不讲理埋下祸根,
孝妇河冲走了公爹土坟。
…………

桂仙猛一个激灵,从竹椅上站起身来,思量着刚才梦境里的《王二姐哭公爹》,散板腔调似乎还在耳边回响。一时间,她分辨不清自己是在梦里还是已经醒来,竟痴愣愣地立在灵棚里一动不动。"俺婆婆不讲理埋下祸根,孝妇河冲走了公爹土坟……"应该是流水板,俺刚才怎么把它唱成了散板?桂仙禁不住哼起流水板的《王二姐哭公爹》:

俺婆婆不讲理埋下祸根。

婆婆虽在屋里躺着,却尚未入睡,听到灵棚里有人唱五音戏,便起身走出屋来,与正在哼唱的桂仙对上眼神。撞见婆婆后,桂仙一时间僵住了。这一刻,桂仙眼睛里的小猴子又蹦将出来,扰得她有些魂不守舍。

桂仙索性吊起小嗓,一声如裂帛般的高亢激调,接着唱道:

孝妇河冲走了公爹土坟。

　　…………

十

　　"桂仙被冥灵附体"的消息不胫而走,很快传遍皮村。先是
阚家的左邻右舍四处宣扬,说是阚家出殡前夜,桂仙唱了一整
出《王二姐哭公爹》,念唱坐打全套戏码。邻居们言之凿凿,说
那个人肯定不是桂仙,因为桂仙不仅不会唱五音戏,平日里连
话都不说的。于是,皮村好事者上溯几代人,翻出一位跟皮村,
也跟五音戏有关系的人来,便是被淄川人崇敬有加的四仙奶
奶——尚四仙。

　　据说,尚四仙是民国年间一位唱五音戏的旦角儿,年少成
名,十三岁便声震泉城,后被淄川宋县长赎身,养在深闺待年
满十六岁婚配。后来淄川大旱,宋县长去省政府催要赈灾粮,监
察厅戴厅长以各种理由推托,拒不给淄川发放赈灾粮。数日后,
尚四仙得知戴厅长纳其为妾才会给淄川放粮,便劝说宋县长
以淄川黎民百姓为重,自己甘愿入戴府为妾。自此之后,五音
戏在淄川地区盛兴,淄川人每每提及尚四仙,必称四仙奶奶。

　　"四仙奶奶附体桂仙"一说传至戴家村,立刻被人对号入
座,因为监察厅戴厅长便是桂仙他爹戴秉德的大伯。村人还说
桂仙就是四仙奶奶去世那一年生人,年月日和时辰都对得上,

其中恩怨是非、因缘果报也一一吻合。此事一经皮村与戴家村合并演绎,桂仙便成了四仙奶奶的代言人。

第一个走进桂仙家求卜的是闫莉。闫莉嫁在本村,她第一胎生了女孩,于是偷偷怀了第二胎。闫莉满心忐忑走进阚家,见到桂仙正坐在院子黄瓜架下愣神,便轻轻叫了一声桂仙。大概是觉得桂仙没有听见,闫莉又叫了一声嫂子。桂仙依旧愣愣地望着一朵黄瓜花,没有丝毫反应。闫莉不得不提高音量,叫道:

"四仙奶奶!"

桂仙被吓了一跳,扭头回望着闫莉,仍是没有作声。

闫莉蹲下身来,极为虔诚地靠在桂仙身边,悄悄说道:

"求求您了,四仙奶奶,看看俺肚子里的娃儿,到底是男是女?"

桂仙微微错愕,因为嫁到皮村快二十年了,她从未听到有人对她说"求"字。再看半蹲半跪在眼前的闫莉,这个平日里不肯正眼看自己的女人,此刻,她的眼神里流露出无比的渴望。桂仙把"俺哪里知道你生男生女"这句话狠狠地咽回肚子,心中霎时间冒出无数念头。她心里明白,公爹出殡前夜,自己兴许是累糊涂了,才会在灵棚里守着公爹的尸首哼唱起《王二姐哭公爹》;又因为被婆婆撞见,她怕再遭婆婆咒骂,索性破罐子破摔,吊着小嗓唱了全出的《王二姐哭公爹》。说来也怪,那天晚上唱完《王二姐哭公爹》的整场戏,她整个人几近虚脱,瘫坐在竹椅上,心里却是万分舒畅。

桂仙很享受那种通体舒泰的畅爽感觉,想起来都会起一

身鸡皮疙瘩。她禁不住打一个冷战,吊起小嗓子唱道:

> 观世音降下了善财童子,
> 从此后绫罗衣沤烂箱底。
> …………

半年后,闫莉生下一个男孩,还主动督促自己男人去交超生罚款。男人一拖再拖,说是想攒钱翻新祖屋。闫莉"呸"了男人满脸,说这辈子有多少钱花多少钱,坐等天上撒银子。闫莉捧着儿子,像是捧着一只金元宝,满脸都是期待神色。当着皮村的女人们,只要说起儿子,闫莉便一脸郑重:

"四仙奶奶不下断言是儿子,借俺十个胆子也不敢生……四仙奶奶说了,俺这个是善财童子,这辈子绫罗绸缎沤烂箱底……"

十一

先是皮村的人来找桂仙问吉凶,接着是戴家村的人,后来十里八乡的人都来找桂仙。其实,淄川人自古信"大仙",几乎每个村子里都有自诩通灵的"仙婆""神汉"。这些"仙婆""神汉"大都不甚敬业,对前来求卜的人敷衍了事,问有来言,答有去语,不出几日便能识别真伪。桂仙则与众人不同,她的卜辞

·桂仙·

全都是戏词。别的"大仙"都是说出来的,唯独桂仙是唱出来的,唱出来的又不是桂仙本人,而是四仙奶奶"附体"。五音戏戏词半文半土,文的似是而非,土的外人不明就里,模棱两可,本就耐人琢磨,如此一经对比,桂仙的"通灵术"就显得高级多了。由此,桂仙的"仙术"在神秘性上占得了先机,而人们对于神秘事情的渴求往往超过眼见为实的感受。

桂仙早就不摆蔬菜摊了,家里吃的新鲜蔬菜大都是四邻八舍送来的,吃都吃不完。闫莉差不多天天来看桂仙,有时帮着收拾一下快要烂掉的蔬菜,有时帮忙引导前来求教问卜的人。闫莉从皮村大集上买来二十个马扎,逢求卜人多的时候,她就把马扎摆到院子里让人排队坐等。有些人甚至是从邻县或济南赶来的,凡是来的人都不会空手,要么带上名茶、名烟、名酒,要么带着红包。桂仙从不张嘴要钱要物,众人也只是从闫莉嘴里得知桂仙只抽中华烟,而且是软包装的。通过闫莉的嘴,人们还知道了前来求卜的人中不乏大人物。

桂仙偶尔出门上街,皮村人都会朝她投来敬畏的眼神,小孩子们甚至会不自觉地躲到大人身后。对于满大街敬畏的眼神,桂仙心里很是满足。在一年前,皮村大街上还是这些人,他们给予桂仙的却是鄙夷的眼神。

最为滑稽的一幕出现在皮村商业街。桂仙那天晚饭后散步至街中央,迎面遇见早她一步出门的婆婆。街上的众人看见桂仙走来,下意识往街两边让步,本是出于敬畏心的让路,却把桂仙和婆婆留在了商业街中间。这些年来,桂仙早已养成畏惧婆婆的本能，就在桂仙抬脚要给婆婆让路时，却发现婆婆抢先起步，避让至路边。婆婆大概是想掩饰尴尬，直接走进旁边的刘记烤鸡店，可她明明从来不吃鸡。

从鄙夷到敬畏，改变仿佛发生在一夜之间，桂仙尚没有做好坦然接受敬畏的心理准备。以往那些年，桂仙也四处去求卜问道，对于那些状如常人的"仙婆""神汉"，桂仙是不太信任的，因为他们的神秘感不够。所以，从皮村商业街上发生婆媳让道一事之后，桂仙尽量不再上街。不上街不代表不想上街，其实那些充满敬畏的眼神让桂仙很是着迷。

桂仙在摸索中，渐渐领悟到此中门道：与常人拉开距离，刻意制造神秘感。

在制造神秘感的同时，桂仙也在不断加强业务学习，把小时候熟悉的十几出五音戏一遍一遍在脑海中默唱。桂仙甚至想起玉妙音当年对她说过的话：

"喜欢唱五音戏挺好，当个自娱自乐的业余爱好吧，哪天派上用场也是没准儿的事儿。"

桂仙此时的境遇，竟然是当年的玉妙音一语成谶。不自觉中，桂仙处处都在揣摩玉妙音的一颦一笑、一举手一投足，这也是她开始抽烟的原因：微微昂头，深吸进一口烟，然后徐徐地、优雅地吐出去。桂仙觉得，自己有时候是四仙奶奶，但永远是玉妙音。唯一可惜的是没有了凤凰烟，只能拿最贵的中华烟代替。

刚刚开始时，桂仙总是按照戏词找答案。待到能够熟练驾驭算卜现场气氛后，桂仙开始根据来者意愿修改戏词，而且还能够押上原戏词的韵。摸索到这些规律之后，桂仙仿佛递进到另一重境界，觉得自己真的无所不能了。桂仙还特意把二进院的三间平房做了装修，全部是中式复古风格。当中的房间封上后窗，挂上老子骑牛出关图，再配上一个紫檀条案，条案上的宣德炉里香火不断。一把超大号太师椅摆在条案前，太师椅两侧放着两个低矮的方凳，供来者暂坐。四周墙壁上，挂满了各色人等送来的锦旗。整个房间里没有一扇窗户，只有昏暗的灯光和隔壁房间里发出的叹息声。叹息声是国良发出来的。一开始，他经常砸桂仙的场子，当着问卜者的面，破口大骂桂仙装神弄鬼骗人钱财。为此，桂仙跟国良动之以情晓之以理长谈了一次：两个女儿读书的学费和一老一残两个人的口粮，全靠四仙奶奶"恩赐"，如果国良继续捣乱，桂仙将不再给他翻身和擦澡，任他身上皮肤沤烂生蛆。国良权衡利弊之后，果然不再砸场子，只是偶尔发出一声叹息。这声令人捉摸不定的叹息，后来竟成了这个场子里最瘆人的音效。

问卜者恭恭敬敬说出自己的隐忧后，昏暗的屋里陷入一片死寂，甚至听不到桂仙喘气的声音。这种让人很不舒服的沉寂会持续两三分钟，就在问卜者的精神高度紧张之时，不知道从什么方位传来一声叹息，瞬间让人汗毛竖立。这声拿捏得恰到好处的叹息，就像是戏台上的锣鼓点，桂仙轻移莲步，慢抛水袖，如同面对着人山人海的戏迷唱演。这一刻，桂仙放飞了自我。在四仙奶奶"附体"时，桂仙真的感受到了异状，尤其是在吊高音时，会有一阵阵头晕目眩的感觉。在桂仙的认知中，她不知道那是大脑缺氧造成的眩晕，即便是知道，她也更愿意相信这是"通灵"后才有的现象。为了增加"通灵"的真实感，每次唱完大段唱词后，桂仙都会一副体力透支状，瘫倒在太师椅上。瘫倒状既是大脑缺氧的表现，也是剧情表演的需要。在昏暗的现场气氛里，桂仙小嗓里的高亢裂帛声戛然而止，本就带着神秘的冲击力，太师椅旁的问卜者，在进入气氛和剧情后，不免会心潮起伏，主动跟着"四仙奶奶"的节奏走。

此刻，闫莉及时上场，蹑手蹑脚走到太师椅旁边，轻轻地碰一碰问卜者，一声不发地示意他该离开了……

十二

竟男在北京大学一直读到博士，留京工作后第二年便结了婚，丈夫是法国人，叫保罗，是北京大学的外教。结婚前，竟男带着保罗回了一趟淄川，她已经有五年没回老家了。这次回家，竟男没有住在家里，她只是想回家跟父母见一面，通报一下自己要结婚的消息。竟男和保罗回家那天是傍晚，桂仙正在接待最后一位问卜者，闫莉把竟男和保罗拦在门外，说是要等桂仙"人神分离"后，才能进去。竟男斜睨一眼闫莉，问现在进去会如何，闫莉非常认真地说，现在进去会搅扰"四仙奶奶"的真魂，万一走火入魔可就遭殃了。竟男又问会遭什么殃，闫莉大概从没有碰到过这个问题，想了片刻后说，没准儿

·桂仙·

会闹出人命来。

听到屋里传来好听的曲调，保罗很是好奇，他问竟男是谁唱的。竟男露出尴尬神色，说是自己的母亲在给人算卜。

保罗轻声惊呼道：

"你的妈妈是占星师，太了不起了！"

竟男在鼻腔里轻哼了一声，没有再理会保罗。

晚上，竟男带着保罗见过父母后，就要回酒店。桂仙伸出捏成兰花指的手，拦下竟男，脸上的神情挂着几分不悦。桂仙的不悦是对竟男的不满意，竟男自从考上大学，只回过三次家。

桂仙用兰花指捏出一根软中华香烟，保罗适时地掏出打火机给她点上。桂仙微微仰着头，轻轻地吐出一缕烟雾，款款地坐回太师椅上。

保罗附在竟男耳边，轻声说道：

"你母亲仪态很优雅。"

竟男小声回道：

"她在演戏。"

桂仙轻咳一声，说道：

"你嫁给白鬼子还是黑鬼子俺不管，也管不着。这些年来，俺凭自己的本事支撑这个家，把这个家过成了皮村人人羡慕的富裕家庭。你们姐儿俩每人一年十几万生活费，应该比你们大学里的教授工资还高吧？常言道，贫寒出孝子，富家多败儿，俺们阚家穷过，也富过，可俺这俩闺女不是败儿，更不是孝子。竟男，你今天就给俺说道说道，你们到底想怎么样？"

竟男说：

"我和二丫只想要一个正常家庭，有一双普通的父母，让我们拥有纯粹的亲情，还有一个不提心吊胆的童年。这些都是正常人、普通人应该拥有的东西，我和二丫却没有。"

说完这些话，竟男拉着保罗出了家门。

临出门时，保罗用中文对桂仙说道：

"我不是白鬼子，我是法国人。您唱的曲调很动听，您是我见过的第一个能用如此优美的唱腔占卜的大师，我觉得您可以申请非物质文化遗产……"

竟男读大三的时候，桂仙开始给人唱戏占卜，家境逐渐好转。自这一年往后，竟男的银行卡上从未缺过钱。当然，竟男也从未开口要过钱，这些钱都是桂仙让闫莉按时转账给她的。再后来，二丫考上了济南大学，她学着姐姐的样子，也极少回家。姐妹俩回家越少，桂仙给她们俩转账的钱就越多。逢寒暑假，竟男和二丫宁可相约去外地旅行，也不愿意回家。不愿意回家的原因有两个：一是从小没有与父母建立起来良好的亲子关系，二是觉得妈妈桂仙装神弄鬼丢自己的脸面。

十三

盘山是淄川区打造的旅游重点项目，坍塌后的东来寺重建，寺里重塑了四仙奶奶的金像，香火逐渐兴旺起来。四仙奶奶成全了桂仙,桂仙也让四仙奶奶美名远播。

自从盘山发展旅游以来,皮村变得热闹起来,商业街两侧的民房全都变成了商铺。阚家的临街房子再次被租赁出去,而且租赁价格高居商业街榜首,这回开的是火锅店。皮村人都说四仙奶奶是引雷御火的神,租赁阚家的房子开火锅店,肯定是旺中带财。也正是因为这样的传言,闫莉才在出租招牌上注明:只能开火锅店。

桂仙的婆婆搬到后院居住,住进了桂仙装修好的二进院。桂仙和国良搬家了,搬进了新建的二层楼房,这也是皮村最后一批宅基地建房。宅基地本来只批给有儿子的家庭,阚家只有两个女儿,户口又都迁离了皮村,原本是没有资格获批宅基地的,可自打有了四仙奶奶加持,桂仙早已手眼通天,在小小的皮村批个宅基地又算得了什么?

宅基地批下来后,桂仙找来专业设计师,整座楼房围绕着桂仙的道场进行规划。楼下四个大开间,一间厨房加餐厅,一间茶室加书房,一间专供问卜者排队休息,最后一间则是桂仙的道场。楼上全部是卧室,国良有一个朝阳带卫生间的大卧室,雇用一位保姆二十四小时陪护。闫莉曾经问过桂仙,要不要把国良的卧室安排在道场旁边,她觉得国良的叹气声效果很好。桂仙否定了闫莉的提议,她认为自己的法力又上了一重境界,完全不需要装神弄鬼唬人。大概是因为文化水平有限,桂仙对于自己的道行没有进行清晰定位,不管是儒释道,还是鬼神怪,她都能堆到一起唱,最后却以"仙"自居。

装修足足用了两年时间，桂仙搬进新楼房第二年，二丫回来了。二丫不是一个人回来的，她还带着一个三岁的儿子。大学毕业后，二丫在济南不仅找了男朋友，还找了一份物流公司的工作，每个月的工资还不及妈妈给她的生活费高。竟男和二丫自从工作之后，桂仙也就不再给她们俩生活费了。跟姐姐一样，二丫结婚的时候也没有请爸爸妈妈参加，在济南草草办了一场婚礼，就开始居家过日子了。二丫的丈夫是济南人，年龄比二丫大八岁，在一家濒临倒闭的小国企当出纳。儿子出生那年，丈夫失业了，二丫跟当年的妈妈一样，扛起了生活的全部重担。当家中最后一笔积蓄被丈夫投进骗子的理财公司后，这个家庭被彻底摧毁了。二丫用将近一个月的薪水支付完房屋当月的贷款后，便与丈夫离婚了，并得到了儿子的抚养权。

经过半年纠结，二丫说服了自己，回到皮村投奔妈妈。

桂仙痛快地接纳了二丫母子，并给外孙子改名叫文远。五音戏传统曲目《松林会》里的男主叫姜文远，这是桂仙比较喜欢的一出大戏。

回到皮村后，二丫接替了闫莉的角色，开始帮助桂仙打理日常事务。二丫毕竟受过大学教育，回归皮村不久，就对母亲的占卜程序做了一系列改进。

先是实行电话预约制度，而且每天只占卜五人，上午三人，下午两人。每逢阴历的初一和十五，道场不接客，二丫和闫莉要陪同桂仙上盘山，去东来寺给四仙奶奶上香。

接下来，二丫要对庭院进行改造，并在电脑上制作出了效

·桂 仙·

果图。桂仙看完二丫电脑上的效果图后，二话不说便递过去一张银行卡，说卡里面有五十万元，若是不够花再问她要。二丫让闫莉找来包工头，谈妥价钱后就开始施工。先是在庭院里挖了鱼池，建了回廊，回廊尽头的门口两侧塑了两尊神像：雷公和电母。鱼池上修建了一座三曲石桥，桥身全部由崂山红石砌成。三曲桥跨过满是锦鲤的鱼池，通过回廊才能进入道场，这加强了四仙奶奶的气场感。二丫在庭院左侧建了一座御火亭，御火亭呈八角形，八个亭角上悬挂着八个铜铃，八根立柱上四条腾龙、四只飞凤，装饰图案全部采用火云纹，符合传说中四仙奶奶引雷御火的身份。在庭院右侧的太湖石假山后面，二丫设置了一座金光闪闪的还愿箱，供问卜者前来还愿随喜，实现了占卜产业链的二次创收。

　　二丫回到身边后，桂仙也没有让闫莉走人，每个月照常给她发工资，但是只让她跑跑腿、做做饭。桂仙对二丫的改造很是满意，她坐在御火亭里抽烟的时候，觉得整座庭院都闪着金光，四处都涌动着翻跳的猴子。二丫领着文远从三曲桥走过来，文远怯怯地叫了一声姥姥，便躲到妈妈身后——外孙子一直很害怕这个不苟言笑的姥姥。桂仙淡淡一笑，似乎不太介意外孙子对自己有畏惧心理，她已经习惯了，她或许希望整个皮村都是畏惧自己的。桂仙又点燃一根香烟，用半文半白近似戏词的口吻，对二丫说道：

　　"踏踏实实待在皮村，把文远抚养长大，将来让他考取个功名。等到俺老了，开不了口、唱不动戏的时候，俺把俺的衣钵道行传授给你,保你和文远一生荣华富贵。"

二丫没有说话,只是笑着点了点头,她拉过身后的文远,让他靠近姥姥坐下。

桂仙用兰花指把烟蒂掐灭在烟灰缸里,悠悠吐出一口烟气,觉得自己强大的气场笼罩着整个空间。这一刻,桂仙的心已飞在空中,俯视着皮村的芸芸众生。

十四

时光荏苒,文远读初中那年,国良去世了。国良被送往殡仪馆火化那天,桂仙一滴泪都没有落,她觉得哭天抹泪是凡人的事儿。白发人送黑发人,桂仙的婆婆哭到几近断气。缓上气来,婆婆边哭边问道:

"儿啊!你憋屈不?"

阚家的族人把国良抬上殡仪馆的灵车,竟男、二丫和文远随行,桂仙端坐在道场的太师椅上,像道场门口的两尊神像一样纹丝不动。待哭丧声停止、众人散去后,闫莉悄悄闭上阚家的大门,整个世界又恢复了宁静。道场里香气氤氲,缠柱绕梁,也围裹着桂仙。时值深秋,一阵仓促的北风吹过阚家,御火亭上的铜铃乱作一团,也搅扰了入定的桂仙。桂仙不自觉地叹口气,像极了国良。突然,桂仙挺起萎靡的腰身,启开喉咙,唱了一段《王二姐思夫》:

奴家是个啥苦命,一人独自叹呻吟。

二姐思夫泪双流,想起二哥当时走。

他叫奴家绣兜兜。

············

　　爸爸去世后,二丫建议把奶奶接过来一起住,却被桂仙阻止了。

　　桂仙对二丫说:

　　"伺候你爸爸的保姆继续雇着,让她去照顾你奶奶,要钱给钱,要物给物。让你奶奶搬过来同住万万不可,俺跟她不是一路人,她冲俺的气场。"

　　二丫原本没有打算接妈妈的道行衣钵,她觉得随着社会文明的进步,占卜这种迷信活动会逐渐失去市场。可事实却恰好相反,前来阚家问卜的预约,排期从最初的半个月一直到现在的一个月,有时甚至能排到两个月后。淄川人都知道,拿到"四仙奶奶"的占卜预约,比拿到大医院的专家号都难。最早的占卜者,大都是来问跟火相关的事儿,例如,娶火命媳妇哪天结婚,博山的瓷窑是单日开窑还是双日开窑,发电厂哪天搞奠基仪式……随着桂仙的声名远播,前来问卜者已经扩展到了各行各业,求卜之事更是五花八门、包罗万象。

　　就在二丫决心接过妈妈衣钵的时候,她才发现自己五音不全,把一段《王美蓉观灯》唱得南腔北调。二丫很是纳闷,她说年轻时候在 KTV 唱流行歌曲还可以,如今怎么反倒五音不全了?

听说二丫准备传承妈妈的衣钵,竟男很是失望,她给二丫发来一条微信:"你在开人类文明的倒车,你终于活成了自己讨厌的那个人。"

二丫给姐姐回复道:"那是因为你没有还不起房贷的经历。而且,占卜有一定的科学性,还能帮助人们走出人生困境,也算是度人度己。好在像你一样承担人类文明进步的人有很多,也不差我这一个。"

竟男回道:"这个时代的撕裂感,源自默认自己无底线堕落的同时,又要求别人要像圣贤一样地活着。"

二丫最终还是放弃了,因为她唱出来的五音戏实在难听,担心会让问卜者笑场。桂仙不死心,她又反复问外孙子文远,要不要得她的真传。

文远噘着嘴说:"我不要,老师说四仙奶奶是封建迷信。"

对于自己的道行失去传承这件事,桂仙不是太在意,她觉得天意难违。当初是四仙奶奶选择的她,她是天选之人。身为凡胎的二丫和文远,又怎能领悟其中的奥妙呢?

十五

二丫最近觉得妈妈的精神变得越来越恍惚了。起初,二丫以为是妈妈陷入角色太深,每天送走最后一位问卜者,她还会说一些不伦不类的疯话,只有睡上一夜之后才能恢复如常。但近些时日,妈妈早间起来便端坐御火亭,两眼望着池中的锦鲤发呆,经二丫再三催促吃早饭,才扭转过头,似乎是对二丫,也像是对空气,吊着小嗓唱道:

躲得过天灾,避不过人祸。

要想神不知,除非人莫为。

…………

二丫无奈,只得跨过三曲桥,进到御火亭来,拉起妈妈去餐厅。二丫在前面走得大步流星,桂仙虽然被女儿拽着走路,走的却是戏台上的云步。

今天是阴历六月初一,桂仙按照惯例要上盘山,去东来寺给四仙奶奶上香。吃罢早餐,二丫伺候着妈妈梳洗更衣,闫莉早就把皮村最好的轿车叫来,准备拉上三人前往盘山。从阚家到盘山脚下顶多三里地路程,用皮村最好的轿车接送,要的就是这份体面。三人上得山来,进入东来寺后,寺里的僧人早就把四仙奶奶殿清了场,只供桂仙一人上香。桂仙每个月进东来寺上两次香,寺里不仅要为她清走四仙奶奶殿的香客,还要为其供奉中午的素餐。东来寺肯这般巴结桂仙,一是碍于她的"仙名",二是桂仙舍得随喜,每回上山多则一万元,少则七千元。

于东来寺内用完素餐,又喝了几杯清茶,桂仙在二丫和闫莉搀扶下,缓缓下了盘山。轿车载着三人驶进皮村商业街时,被街上蜂拥奔走的人挡住了去路。桂仙说还剩几步路到家,走回去吧。三人下车后,才发现远处一栋房子浓烟滚滚,街上奔走的人们都是去救火或是瞧热闹的。

突然间,二丫惊叫起来:

"是咱家的出租房着火了!"

三人急匆匆往前一路小跑,挤过人群,看到大火已经烧到火锅店的招牌,"噼噼啪啪"的焚烧声响分外刺耳。看到桂仙到来,火锅店的老板对桂仙喊道:

"四仙奶奶,你婆婆在后院,没有跑出来哪!"

听到火锅店老板喊四仙奶奶,围观众人的目光离开浓烟烈火,齐刷刷投射到桂仙身上。接着有人叫道:

"四仙奶奶引雷御火,肯定伤不到人命!"

桂仙禁不住浑身打了一个激灵,因为她从来没有被这么多目光注视过。自打成名以后,桂仙深居简出,除了初一、十五上盘山,几乎消失在皮村人的视线里。在记忆里,桂仙觉得只有鼎盛时期的玉妙音才能受到如此之多目光的"恩宠"。

桂仙环转半身,视线扫遍全皮村人殷切的目光。没错!桂仙清晰地看到这些目光不再是曾经的鄙夷,而是真诚的期待,期待着能够引雷御火的"四仙奶奶"进入火场救出婆婆来。可是,婆婆冲自己的气场,她会不会冲掉四仙奶奶的"仙术"呢?桂仙额头上渗出细密的汗珠,她在心中默念道:既然四仙奶奶拣选了俺,凡间的烟火便伤害不到俺。默念中,桂仙抬起头望向众人,她心里明白,如果辜负这些期待的目光,桂仙又将成为皮村人鄙夷的桂仙。桂仙无论如何都不会忘记，她端着碗给左邻右舍送蛤蜊，邻里们脸上挂着诡异的笑容，对她说"谢谢你家国良"。那个时候的自己，就算卑微到泔水桶里，人们都不会施舍一个同情的目光。桂仙也想起青岛小旅馆那一幕，如果知道会害得国良半辈子残疾，自己还会去捉奸吗？人这一辈子，没灾没难活下来真不容易啊……想到此处，桂仙不再犹豫，她轻抬云步，往前迈去。

二丫一把抓住妈妈的手，喊道：

"妈，不能进去，火太大了！"

桂仙甩开二丫的手，吊起小嗓冷笑道：

凡间烟火，能奈我何！

桂仙又往前迈了数步，顿觉脸上的皮肤生疼难忍，她回头做了一个戏台上的亮相，再次看到皮村人的目光。这些目光已经不仅仅是殷切的期待，还有桂仙一生都想要的敬佩和欣赏。桂仙举起双手，抹了一把滚烫的额头，似乎是正了正凤冠霞帔。一团火迎面扑来，桂仙看到自己的眼睫毛跟着一起燃烧起来，眼中那些闪着金光的小猴子四处乱窜，从眼眶里翻滚出来奔向耀眼的烈火。一股刺骨锥心般的疼痛罩上全身，这一刻，恐惧涌上心头。桂仙咬紧牙关，她不想回头。退回去，她还是桂仙；走进去，她就是四仙奶奶。

突然，一道裂帛之声穿透火焰"噼噼啪啪"的声响。桂仙高

吊小嗓,唱道:

历沉浮,光阴几曾眷顾我辈凡人。

经一劫,世间怎会容下忠臣芳魂。

…………

桂仙抖起双臂,皮村人分明看见她舞动水袖,颤巍巍、光华华,行云流水般地融入了火海……

·桂仙·

总有春光堪回首

赵桂玲

1

每天得闲时候，我就会想起老钱那双大手。老钱的手很大，且宽且厚还有肉。这样一双大手，抬桌子搬花盆还行，拿刀切菜就显得有些滑稽。可老钱做菜做得比我好吃。老钱捏着笔写字的时候，尤其不协调，形似张飞绣花。可他是纺织厂厂长，得天天签字，不知道别人看他写字是不是也觉得滑稽。

有一年夏天，新疆的供货商来青岛给纺织厂送棉花样品。在供货商面前，纺织厂是甲方，各地供货商都要巴结纺织厂进自己的棉花。老钱是个礼数周全的人，对乙方从来不怠慢，当然要尽地主之谊宴请新疆供货商。供货商是带着老婆一起来的，老钱也赶了一把时髦，让我一起出席晚宴。按照青岛人的规矩，宴请进行到一半时，就得把主宾喝趴下。待到晚宴结束，供货商已经趴在螃蟹壳和蛤蜊壳上呼呼大睡。供货商的老婆不喝酒，与甲方得体应酬着，最后还不忘给主陪、副陪等人各送上一份伴手礼。伴手礼是新疆特产的坚果大杂烩，从外包装看上去，是大枣、核桃、葡萄干之类的。回家的路上，我拎着那箱新疆特产就觉得异样，大枣、核桃、葡萄干不应该有那么重的分量。回到家里，我赶忙打开伴手礼礼盒，里面居然码放着整整齐齐二十万元现金，还有一只和田玉手镯。半醉着的老钱见到钱，立刻醒酒了。不由分说，老钱把二十万元现金和和田玉手镯塞进他的挎包，蹬上自行车出门，一直蹬到黄海饭店，去找供货商归还现金和手镯。说真心话，我当时的心情很复杂，因为我们家的存款总共不到两万元。二十万元能让我们家发生翻天覆地的变化，至少可以把我们两室一厅的房子装修一下，把厨房和卫生间贴上高档瓷砖，把客厅和卧室包上实木墙围，还能换一台大屏幕彩电、一个双开门大冰箱，将来甚至可以送女儿芳芳出国留学。

老钱顶着个厂长的虚名，从来不敢收受一分钱贿赂。我总觉得，老钱不贪污不受贿不是因为廉洁，只是因为胆子小。工会给纺织厂运动会采购奖品的时候，人家送我一台微波炉作为回扣。我把这事儿跟老钱说了，他装作没听见，也没有吭声。我猜测着，这事儿不需要他承担责任，所以他就接受了。这些年来，他唯一一次利用职权，就是默认工会主席把我从车间调到工会。我答谢工会主席请客的时候，老钱为了避嫌，推托说自己牙疼，没有参加宴请。

两个钟头后，一身大汗的老钱回来了，说把钱还给人家了，但是把和田玉手镯带回来了。老钱说，供货商快要给他跪下了,央求他收下手镯,说和田玉在他们新疆不值钱,让我戴着玩儿。老钱还说,新疆供货商压根儿就没有喝多,他刚才是在装醉。

青岛那个时候流行金手镯,不管粗的细的,有钱人家老婆的手腕上都有一个。老钱用他那双大手拍着我的手说:"桂玲,等纺织厂改制,我名正言顺拿高薪的时候,就给你买一个金镯子。"听老钱这样说,我知道眼下是戴不上金镯子了。买不起金镯子,戴个玉镯子出门,李翠芬和娜娜肯定会笑话我。李翠芬是工会副主席,她丈夫下海经商五六年了,搞鲍鱼育苗生意,虽说赚的是辛苦钱,可人家李翠芬可以大大方方地戴金镯子。娜娜是刚刚调来工会的新职工,她爸爸是市计委主任,她不仅戴着金镯子,还骑着80型摩托车上下班。

老钱大概看出来我心情不好,他用一只手掏出和田玉镯子,讨好地给我套在手腕上。玉镯子油亮亮的,像根烤软了的白蜡烛,看着就不如金镯子那么带劲儿。我晃了晃手腕上的玉镯子,赌气地撸下来,扔在人造革沙发上,瓮声瓮气地说:"圈口大了,我不戴。"老钱赔着笑脸,捡起玉镯子,使劲儿地套在自己左手手腕上。他还举着左手对我说:"看看,是不是比金镯子显得上档次?"

第二天早晨,我在厨房里熬小米粥的时候,听到老钱在洗手间里叫嚷。老钱脾气好,结婚十五年了,很少听见他这么大声说话。我顾不上沸滚的小米粥,赶忙跑进洗手间,看到老钱脸色涨红,正在使劲儿地往下撸和田玉手镯。老钱的喊叫声把芳芳也吵醒了,我们娘儿俩像拔河一样,也没能把老钱手腕上的玉镯子拔下来。眼看着上班时间到了,老钱真急了,他甚至找来锤子要把玉镯子砸碎。说真心话,我还是挺喜欢这个和田玉镯子的,那种油亮亮的奶白色看上去很舒服。昨天晚上的气儿,跟金镯子和玉镯子没有关系,我心疼的是那二十万元。老钱看出我的不舍,最后,他扔下锤子,脱下短袖T恤,换上一件长袖衬衣上班去了。那天早晨,老钱前脚出门,我和芳芳后脚就笑得瘫在地上。可不是嘛,一个糙老爷们儿戴着一个玉镯子出门上班,想起来就能让我们娘儿俩乐上半天。

上班后,我溜出工会办公室,偷偷跑到老钱办公室,我看到他衬衣袖子里面鼓鼓囊囊的,发现他又在玉镯子上缠了好几层绷带。老钱还不忘叮嘱我:"别人如果问我手腕上的伤,你就说我在厨房里剁排骨不小心砍到手腕了。"我再次把眼泪笑了出来,我对老钱说:"我偏不说你剁排骨,我说你要割腕自杀。"

那一回,老钱偷偷摸摸戴了一个礼拜玉镯子,也穿了整整一个星期长袖衬衣。星期天的时候,我妹妹来我家,她给老钱的手涂上香油,用一根尼龙线才把玉镯子"背"了下来。老钱长舒一口气,像是摘掉了脖子上的枷锁,还请我和妹妹、芳芳去中山路吃了一顿麦当劳。

我现在能想起来的,都是开心的事儿。也有很多狗撕猫咬的糗事儿,我已经开始选择性遗忘。少年夫妻走过来的人,哪一对没有过急赤白脸的日子?年轻时候越是吵得厉害的,晚年也越发相互依赖。都说少年夫妻老来伴儿,我和老钱吵过打过甜蜜过,就在我们需要相互依赖做伴儿的时候,他却走了。老钱走得很是突然,他得了肺癌,从发病到去世也就一年时间。递水、喂饭、端屎端尿的日子,加起来也不超过半年,我还没有伺候够他,他就走了。往后的日子,我没了伴儿,脑子里只剩下老钱一双大手。老钱临走的时候,那双大手上的肉没了,干枯得像两只大鸡爪子。他用干枯的大手摩挲着我的后背,这是我们俩最常见的肢体交流方式。以前,我难过的时候,老钱会摩挲我的后背;给我道歉的时候,他会拍打我的后背;晚上睡觉痒的时候,老钱还会帮我挠后背。挠后背的时候,他先是用手指划拉。待我说用点儿力,他才会改用手指甲。最后,老钱还会用手掌把我的后背摩挲个遍,有时候还能把我摩挲睡着了。回想起来,老钱真是个好男人。

2

老钱走得早,跟两件事相关联:一是纺织厂改制,二是我们女儿芳芳的情感问题。

纺织厂股份制改革是老钱一直期待的事儿,他说改成股份制,大伙儿就能多得点儿钱。那些日子,老钱像是打了鸡血一样,天天晚上开会到深夜,还跑去上海和深圳取经。等到改制确定实施的时候,老钱却被边缘化了,他没有成为股份公司的董事长,却变成没有任何实权的顾问。纺织厂里还有一大批没有进入董事会的老人,他们鼓动老钱找上级反映问题。老钱耳根子软,觉得老人们受到了不公待遇,也为自己的处境愤愤不平。在老钱的暗中支持下,那些不得势的老人开始上访,并在纺织厂门口静坐示威。

我心里清楚,老钱的心境很是纠结。他不想出面,是因为他想保住顾问的位置,将来至少还能在股份制的盘子里分一杯羹。他暗中支持老人上访,是因为觉得自己应该来主持股份制改革的大局。我当时劝说过老钱,让他不要患得患失,要么踏踏实实做好自己的顾问,要么坦坦荡荡站出来反对。老钱用他的大手摩挲着我的后背,说明刀明枪站出来也干不过人家,据说空降而来的董事长是一个副部长的女婿。我说,干不过人家就老老实实做顾问。老钱说,纺织厂耗费他半生心血,如今变成顾问,心有不甘。

那一段时间,老钱的性情也变得飘忽不定。他的同党有时候会到家里来汇报工作,老钱前一天还鼓动同党要闹出一点儿动静,第二天又会换一个口吻,说:"咱们思想陈旧,应该把股份制改革这盘棋让给年轻人来下。"已经是工会主席的李翠芬听不下去了,她指着老钱的鼻子斥责道:"你这算是什么态度?喝了阴阳尿了,今天唱红脸,明天唱白脸。"我当时也跳了起来,以牙还牙指着李翠芬的鼻子回击:"你不要仗着老公能挣几个臭钱就对老钱逞威风,有本事你冲着副部长女婿骂。"李翠芬白了我一眼,说:"这是领导层在讨论纺织厂未来的大计,你就是一个以工代干的办事员,没资格插嘴。"

这段糟糕的时光大概持续了一年半,纺织厂那帮闹事的老人被彻底淘汰出局,老钱的顾问也被解聘,跟我一道成了下岗职工。这期间还出了一段插曲，李翠芬被股份公司"招安"，成为人力资源部部长。据其他老人透露，是李翠芬出卖了老钱，并把老钱他们商量好的对策透露给了股份公司。有一位老人质问过李翠芬，李翠芬矢口否认自己主动投诚，而是说股份公司派人策反了她。那位老人朝着李翠芬啐了一口，说自己主动不要脸和别人让你不要脸都是不要脸。那天晚上，老钱一个人窝在家里喝闷酒，我陪着他喝了两瓶青岛啤酒。酒喝多了之后，我们俩回到卧室抱头痛哭起来。直到芳芳敲卧室的门，我们俩这才止住悲恸。

接下来是一段更为糟糕的时光。老钱整日里长吁短叹，一脸惨淡相。有时候，男人的内心是脆弱的，远不如女人有韧劲儿。我先老钱一步从我们两口子失业的阴霾里走出来，每天拖着他出门散步，不管他愿不愿意。我们从栈桥走到鲁迅公园，再从中山公园绕回西镇。老钱也渐渐适应了失业生活，他不再抗拒，甚至还主动买来四根登山杖，因为我们俩打算去爬崂山。有一回，我和老钱走野路爬崂山，我们俩从北九水进山，往南一直穿越到大河东水库，走了整整一天。那天傍晚回到家里，我倒在床上便睡着了。芳芳放学回家都没吃上饭，自己跑到楼下吃了一斤虾肉锅贴儿。我一觉睡到半夜，醒来后发现老钱不在床上。我走到客厅，看到老钱正在餐桌上写东西。看见我出来，老钱赶忙收起稿纸，还试图藏起来不让我看到。我抢过他手里的稿纸，才发现老钱在写告状信，主要是揭发高官权贵利用股份制改革中饱私囊。原来，老钱一直没有放下，是我把事情想简单了。

　　站在老钱的角度想一想,这事儿的确不容易想通。本来好端端一个纺织厂厂长,大半生尽职尽责,没有收受一分钱贿赂,挨到股份制改革却把自己改成了下岗职工。这事儿落到谁的头上都不好受。作为老钱的老婆,除了全力支持他,我还能做什么?接下来,我陪着老钱打印、复印揭发材料,然后去上级部门递交材料。我们两口子东奔西走,整整忙了三年,唯一争取到的,就是把纺织厂的下岗职工问题解决了——全部按照退休工人待遇发放补贴。至于老钱的待遇和职位问题,上级部门推给股份公司,而老钱与股份公司的关系势同水火,就算是让他重新回到公司管理层,他也无法开展工作。想到这一层,老钱首先蔫了。

　　在跟公司折腾的这些年间,我们两口子忽略了芳芳,她变得越来越叛逆。高三最后一个学期,她甚至自作主张不参加高考了。芳芳有她的理由,说自己的学习成绩在班里垫底,去参加高考也是自取其辱。芳芳还说自己已经拿到高中毕业证,将来随便找个工作能养活自己就行了。那些日子,老钱的脾气变得越来越坏,他骂了芳芳几句,说她不求上进,连所大学都考不上。芳芳也不示弱,说爸爸妈妈从来没有过问她的学习成绩,现在凭什么要求她考大学。芳芳还说,我们两人都没有读过大学,有什么资格要求她必须读大学。最让老钱伤心的,是芳芳说他越混越没落,从厂长混成了下岗职工,害得她在同学面前都没有面子。老钱气愤不过,挥手扇了芳芳一个耳光。芳芳扭身跑出家门，在外面住了将近一年。那一阵子，我和老钱四处找芳芳。后来，我们从芳芳的高中同学那里打听到，她跟一个叫屠志强的小混混儿住在一起。这个时候，我才回忆起来，以前好像听芳芳说起过这个名字，他们俩应该是同学。我们最终找到屠志强家里，看到了两条胳膊上满是文身的屠志强。屠志强对我和老钱倒也恭敬，一口一个叔叔阿姨地叫着，还给我们让座沏茶。待我看到头发染成五颜六色的芳芳时，我差点儿没有认出我的女儿。后来我才知道，这种色彩花哨的发式叫"杀马特"。芳芳不肯跟我们回家，说家里没有爱没有关怀，让她觉得冰冷无情。芳芳还说，她不想跟我和老钱做家人。听完芳芳这些浑话，老钱气得当场晕倒了。

老钱蔫了，不仅仅是精神蔫了，他的身体也跟着出了问题。老钱先前时不时头晕憋气，我催促他好几回去医院检查，他始终不当回事。直到老钱开始发烧，烧到第三天的时候，我和妹妹妹夫才把他送去医院。一个星期后，检查结果出来了，老钱已经是肺癌晚期。

3

我习惯性地依赖着老钱，可当老钱被确诊是肺癌晚期之后，我居然没有流一滴眼泪。家里当时有十一万元存款，我把九个存折全都揣在身上，准备倾家荡产为老钱治病。我不相信青岛医生的诊断，于是带上钱和老钱去了北京。北京医院的诊断结果跟青岛一样，也是肺癌晚期。我跪在主任面前，仍旧没有掉眼泪。我跟主任说："您不给老钱做手术，我就在这里跪到老钱死。"主任扶我，看我不起，干脆坐下了。他对我说："我可以给你丈夫做手术，但是手术做了也是白花钱。"我说："癌细胞还没有扩散，做手术就有活下去的希望。"主任说："扩散是早晚的事儿，何苦让病人活遭罪呢？"我说："遭罪是病人的事儿，跟您主任没关系。"主任叹一口气说："你这是自私，只是为了日后给自己一个交代，并不是真心为病人着想。"我说："我说不过您，反正您得给我老公做手术，您不答应我就跪在这儿。"

最终手术还是做了，医生说手术做得很成功。我也不清楚医生说的"很成功"是指什么。病灶切除得很彻底？癌细胞不会再扩散？我不想问那么清楚，"很成功"三个字至少能支撑我过好几天心情舒畅的日子。治疗癌症的第一步是手术切除，第二步便是放化疗。在癌细胞和放化疗的共同作用下，老钱渐渐瘦脱了相，脸颊陷了进去，眼窝眍了进去，头发大把大把脱落。就连那双又宽又厚还有肉的大手都干枯了，干枯得像两棵即将死去的树。

给老钱做最后一期化疗的时候，芳芳来北京了。她剪掉杀马特发型，留了一头短发，而且已经怀孕了，并且执意要生下这个孩子。我当时真如五雷轰顶，因为芳芳才刚满二十岁，她自己还是一个孩子。一个二十岁的未婚女孩怀孕生孩子，在青岛会被人笑掉大牙。老钱这么年轻就得了绝症，女儿未婚怀孕还要把孩子生下来，这让我日后还怎么出门见人？先前我只是担心街坊四邻会给我扣上克夫的帽子，现在，李翠芬和娜娜她们会给我扣上另一顶帽子,说我教子无方。她们甚至还能说出更难听的话,说有其母必有其女。做女人,得处处跟别的女人一样才好:一样的平庸,一样的八卦,一样的虚伪,一样的世俗。你比别的女人强了,别的女人会嫉妒,给你编排各种版本的荒淫无道;你比别的女人差了,别的女人会瞧不起,各种嫌弃、不屑和冷漠。芳芳要是真的把孩子生下来,我还真不如跟着老钱一道去了省心……唉!

我按下怒火,苦口婆心地做芳芳的工作。芳芳延续着叛逆期的骄横态度,说她如果把这个孩子做掉了,将来也没有脸去见屠志强。原来,屠志强参与黑社会争夺地盘,在一场群殴事件中身中十几刀,送到医院的时候,血已经流干了。芳芳原本要去医院堕胎,可屠志强意外死亡,她居然横下心来要给屠家留下一根苗。屠志强是独生子,屠母听说芳芳要把肚子里的孩子生下来,求之不得,对着芳芳把好话说了一箩筐。这件事情我本来打算瞒着老钱,不想让他平添烦恼,可芳芳日渐隆起的肚子,任谁都能看出来是怀有身孕。老钱不因疼痛呻吟的时候,便会不停地叹气。

从北京回到青岛,老钱进入癌症患者三部曲的第三部——中医保守治疗。给老钱做手术和放化疗,已经花掉了我们家所有积蓄。为了第三部的中医疗法,我只能卖掉房子。一般的中草药不贵,可是治疗癌症的中草药都是天价。每一碗黑色汤药喝下去,老钱都忍不住打冷战,他说他宁愿去吃屎喝尿。我也有些动摇,犹豫要不要继续让老钱喝下那些又难喝又昂贵又不知道疗效的中药汤。每当我动摇的时候，我就会想起老中医家里那些癌症患者送的锦旗，挂满整整两间屋子。外屋的电视机里还循环播放治愈后的癌症患者给老中医下跪的录像。我期待着老钱也能成为其中的一员，到时候，我肯定会跟老钱一起给老中医下跪感谢。

把家里的房子卖掉后，我和芳芳借住在妹妹家一栋闲置房里。起初，老钱坚决不同意卖房子，他说自己忙活一辈子，说什么也要给我和女儿留下一处挡风避雨的地方。人到了这个时候，已经无法自主命运，更何况是卖房子。卖掉房子搬家那天，我突然间有一种体会，觉得人生没有什么是不可舍弃的，包括即将离开的丈夫，还有已经卖掉的房子。

老钱终究还是走了，走得那么不甘又那么随意，这大概就是佛家常说的"无常"。老钱生病治病期间，我没有流过一滴泪。老钱走之后，我痛哭了一场，把我这些年来承受的压力全都化成泪水，释放出来。先走的人是有福气的，因为另外一个人还能为他操持后事。剩下的人，虽说还有子女可以依靠，可在精神上终归还是孤单了。孤单的时候，我就会想起老钱的大手，是那双饱满有肉有温度的大手，摩挲着我的后背，也安抚着我的心。弥留之际，老钱用他干枯的大手抚摸着我手腕上的和田玉镯子，说他对不住我，到最后也没能让我戴上金镯子。老钱还说我比他坚强，他说自己是个懦夫，是人生的失败者。老钱最后不忘叮嘱我，让我帮着芳芳把孩子带大。

老钱走了之后，我开始信佛了。除了天天烧香磕头拜佛，初一、十五还要吃斋诵经,有时候还去寺庙做义工。为了进出寺庙方便,我办理了居士证,成为一名虔诚的佛教徒。人这一辈子,终归是要信点儿什么,能帮自己稳住心神。有老钱的时候,我信老钱;老钱走了,我这心里空落落的,所以我就选择信佛了。我对佛教一知半解,只知道佛教徒要做善事,因为佛教讲因果轮回报应,这辈子行善,下辈子才能得好报,子孙后代才能不受牵连。

老钱"三七"祭日那天,芳芳生产了。前一天晚上芳芳就开始宫缩,我赶紧打车把她送进医院待产。一晚上无事,第二天,我早起赶往墓地。我提着一个大挎包,里面装着老钱喜欢喝的青岛啤酒,还有他爱吃的蜜三刀。墓地不让烧香烧纸,但我还是带齐了祭香和纸钱。不烧纸烧香算什么祭拜?墓地里的墓碑竖得密密麻麻的,像是电视上的多米诺骨牌,我真担心一块墓碑倒下就能砸倒整个墓园的墓碑。我把吃的喝的全都摆放在老钱的碑前,犹豫了好长时间该不该把青岛啤酒打开洒在地上。我还偷偷点上香,也烧了纸钱。来到墓地后我才发现,最应该带来的是一块抹布,因为墓碑上满是尘土。最后,我打开青岛啤酒倒在墓碑上,用我的围巾把墓碑擦拭干净,墓碑上老钱的照片才露出笑脸。

我从墓地火急火燎赶回医院的时候,孩子刚好生出来。芳芳生下一个女孩,足有六斤四两,跟芳芳出生时候的体重差不多。看见芳芳生了个女孩,屠志强的妈妈二话没说,黑着脸就离开了。从此,我们钱家跟屠家再无任何交集。

4

关于贝贝姓屠还是姓钱,我跟芳芳争执了半年。我觉得屠志强他妈不是个东西,芳芳一个黄花大闺女为屠家生了个孙女,她就翻脸不认人,孩子凭什么还要姓屠! 孙子是人,孙女就不是人了吗? 可芳芳不这样认为,她觉得自己是为屠志强才生下的贝贝,跟屠志强他妈没有关系,所以,贝贝还得姓屠才好。我们娘儿俩也算是倔到一块儿了,从此以后,我管贝贝叫钱贝贝,芳芳管贝贝叫屠贝贝。可我忽略了去派出所报户口的事儿,芳芳找她当警察的同学帮忙,偷走家里的户口本,去派出所给贝贝登记上了"屠贝贝"。屠贝贝就屠贝贝吧,孩子是芳芳生的,我有什么办法?

贝贝越长越漂亮,她不仅乖巧懂事,还能唱歌跳舞。从幼儿园开始,贝贝的业余生活就是上各种文艺补习班。为了培养孩子的艺术特长,我和芳芳没少为她花钱。我的退休金不多,维持我们三个人的生活都难,所以在贝贝一岁半的时候,芳芳就出门挣钱了。起初,她跟朋友小金合伙开一辆出租车,芳芳白天开,小金晚上开。加上芳芳赚的钱,我们勉强够给贝贝支付各种培训班的费用。在我们这个只有三个女人的家庭里,贝贝成了家里唯一的希望。我和芳芳达成默契,为了贝贝将来能够出人头地,我们俩不惜一切代价。

我已经看出来了,无条件的奉献和付出,就是我这辈子的命。

·总有春光堪回首·

说实话,在芳芳成长最关键的时刻,我和老钱是缺席的。虽然我们一家三口没有分开过,但是我和老钱的注意力都在忙活自己的工作上,忽略了对芳芳的关注。其实,那个时代的父母大都如此,觉得孩子不缺吃不缺喝,冬天冻不着夏天热不着,就是尽职尽责了。从芳芳身上可以看到,我和老钱的确做得不够好,我们对女儿的精神世界几乎一无所知。基于此,在贝贝的成长过程中,我决不能再犯同样的错误,因为芳芳还没有长大,或许她还不懂如何做好一个母亲。

　　贝贝的学习成绩不太理想,从小学到中学,一直都是班里的中等生。中等成绩很难考上大学,这让我心里很着急。我是初中毕业生,芳芳是高中毕业生,贝贝说什么也得是个大学生。贝贝如何提高学习成绩我帮不上忙,只好更加尽心地做好后勤工作。我把早餐的小米粥改成鲜牛奶,据说牛奶补钙,尤其是对青少年。我坐公交车跑到沙子口码头上买鱼,老师说要让孩子多吃鱼,说是吃鱼补脑子。沙子口码头上的鱼比菜市场上便宜得多,遇到不愿意贪黑的商贩,还能捡到大便宜。有一回,我守着一个鱼摊到傍晚,鱼贩子瞧出了我的心思,可他终究没有熬过我,最后把一堆鮟鱇鱼全卖给我,我才花了一百元。算下来合两元多一斤,比蔬菜还便宜。鮟鱇鱼的样子很丑,可是鱼肉很鲜嫩,而且还有好大的鱼肝。小孩子吃了鱼肝能明目,老人吃了鱼肝能养护心血管。我拎着两大袋子鮟鱇鱼,吃力地往公交车站走。就在这个时候,芳芳给我打来电话,心急火燎地问我在哪儿。原来,贝贝忘了带钥匙,放学回家进不了门就在街上溜达，结果被几个小流氓骚扰。幸亏有两个银行里的保安出面，才把几个小流氓吓跑，并把贝贝送去了派出所。贝贝哭着给芳芳打电话，芳芳开着出租车正在崂山里面拉客人。接完芳芳的电话，我顾不上坐公交车，只能打车前往派出所。

经历了这件事情之后，我和芳芳都意识到，贝贝已经长成一个亭亭玉立的少女，她更加需要我们的保护。贝贝读小学的时候，都是我负责每天接送。读初中之后，贝贝说自己长大了，反对我接送，我这才作罢。但是，从那天开始，我这个当姥姥的又恢复接送贝贝上下学了，不管她是不是反对。那天晚上，芳芳也做了一个决定，不再开出租车了，她想在家附近的中山路开一家服装店。芳芳已经开了九年出租车，赚了不少钱，我们还在大窑沟买了一套两居室的二手房。房子虽说小了点儿，但是毕竟距离贝贝的学校近。这些年来，家里的花销、贝贝上培训班、买房子都是靠芳芳开出租车赚来的钱。我跟我妹妹聊过这事儿，妹妹说开出租车赚不了这么多钱，她担心芳芳是不是在外面干别的事儿。我和妹妹分析半天，也没有分析出头绪。妹妹说，芳芳岁数也不大，长相又标致，还是应该趁早找个男人结婚。这也是我的想法，我也这样劝过芳芳。芳芳说，就算是找个男人结婚，肯定也是拖家带口的男人，把两家人硬生生凑到一块儿过日子，这辈子就别想再安生了。我如果继续劝说，芳芳就会发脾气，质问我为什么不去找个老头儿一起过日子。

　　　　　　　　　　　　　· 总有春光堪回首 ·

5

　芳芳的服装店开业了。为了省钱,芳芳自己装修店面,三面墙壁粉刷得像狗啃过一样高低不平。芳芳说,所有门店的墙壁都很平整,她就要来个不平整的。她还在墙壁挂上打成卷的藤条、麻绳,甚至还挂上了一扇老式的榆木窗棂。这些破玩意儿都是她从二手货市场上买来的,便宜倒是便宜,可我觉得不像是开了家服装店。芳芳雇了个叫小水的姑娘看店,她自己全国各地跑着进服装。遇到芳芳出差,我买菜的时候会顺便去服装店里瞅一眼,我担心小水偷奸耍滑。店里的服装款式都挺好看,除了那种带破洞的牛仔裤。小水说,在所有服装里卖得最好的就是带破洞的牛仔裤。现在的年轻人真是奇怪,宁肯衣不蔽体,非要花钱买一条破牛仔裤穿,这到底是什么心思?

　女大十八变,贝贝越来越漂亮了,就算是穿着肥大的校服走在街上,也能惹得男人们盯着看。贝贝读高二了,学习成绩还是没有起色,芳芳只好给她找家教补习文化课。再过半年就要进行艺考,贝贝不光要补习文化课,还要练功和巩固艺术专项特长。贝贝准备报考表演艺术专业,第一志愿是中国电影学院,第二志愿是国家戏剧学院,据说这两所专业院校招生是真正的千军万马过独木桥。芳芳从朋友那里打听到,要想考上这两所顶尖的表演专业学府,必须去北京找更专业的老师进行辅导。于是,高二的暑假,她带着贝贝去了北京。托朋友关系,她找到业内一位表演专业教授办的辅导班,一天课程的辅导费是五百元。一个星期之后，芳芳给我打电话，说是自己一个人吃不消，让我也跟着去北京给贝贝做饭。接到芳芳的求助电话，我没有丝毫犹豫，即刻收拾行囊，把家里的油盐酱醋、花椒大料全部收拾打包，甚至还把冰箱里的冷冻鲅鳙鱼也装进保鲜盒，一起带到了北京。

到了北京，我才知道首都的消费水平有多高。我们三口人租了一间地下室，厨房、浴室和卫生间都是公用的，因为我们要在北京待三个月。我们租住的房子距离辅导班上课的地方很近，租住地下室的人有一多半是外地来陪孩子上辅导班的。出租的地下室没有冰箱，我把从青岛带来的鲅鳙鱼分给其他租户，并教他们如何烹饪鲅鳙鱼。那几天，整个地下室里都飘着鲅鳙鱼的腥香味道。我跟这些家长很快熟络起来，因为我来北京的时候忘记带锅了，熟络之后，我就能借他们的锅来用，省下一笔买锅钱。芳芳每回都嫌我跟人家说得太多，说我不注重隐私，没有界限感。我不认同芳芳的说法，我说的都是普通的家长里短，我一个六十岁的人难道还不知道什么该说什么不该说吗？芳芳很是生气，说贝贝爸爸去世这事儿就是隐私，就不该跟别人说。我说我只说贝贝爸爸去世了，没有说他是怎么去世的，我有我的分寸。就在我和芳芳争吵的时候，贝贝阴着脸端着洗漱盆走进房间，轻声说道："求你们小点儿声吧，现在整个地下室的人都知道我爸爸死了。"

湖北的岳飞扬妈妈告诉我一个消息，给培训班的安教授六十万元，他能够让考生通过艺考的面试。岳飞扬妈妈还说，

　　　　　　　　·总有春光堪回首·

文化课成绩过不了,一分钱不退;如果文化课过了,艺考分数不过,他退一半钱回来。我把这个消息告诉芳芳,问她要不要走送钱这条道。芳芳听后,把贝贝的一沓复习资料狠狠地摔在床上,说不送,让贝贝凭实力考试。

第二天晚上,上完辅导课回来,芳芳就改口风了,她问我要不要考虑卖掉青岛的房子,给安教授送六十万"保险费"。我犹豫了片刻就同意了卖房子,因为这个房子本来就是芳芳花钱买的。令我没想到的是,贝贝站出来反对卖房子。芳芳问她为什么反对,贝贝拉长俊美的小脸,说她万一考不上怎么办,一家人连个住的地方都没有了。芳芳对贝贝说,那就要使出全身的劲儿,争取考上。贝贝说她已经很努力了,可是艺考运气成分很重要,万一自己是那个运气不好的呢。芳芳的态度越发强硬,她对贝贝说:"你要有信心,你凭的是实力,不是运气。"贝贝说她如果有实力,就更不需要送钱了。芳芳说竞争太残酷了,有实力也要再加一道保险。

孩子终究做不了大人的主,芳芳回青岛后,只用了三天时间就把房子卖了。

6

老天爷不负勤快人,在我们娘儿仨的共同努力下,贝贝终于如愿考上了国家戏剧学院。进了这所大学就等于成名一半,贝贝这么漂亮,肯定会成为国际大明星。为了保护好贝贝,我和芳芳决定去北京陪读,决不能让好树苗长歪了。家里没有男人,底气就少三分。好在芳芳的性格随我,我们娘儿俩骨子里都有一股不服输的劲儿,就算是家里缺了男人,我们的日子过得还是蒸蒸日上。我劝过芳芳很多回,让她再找个男人帮衬着过日子。芳芳说她照顾贝贝一个人就够辛苦了,不想再找个男人来添麻烦。贝贝现在考上了好学校,我又劝芳芳该考虑自己的感情生活了。芳芳这回更干脆,说天底下没有哪个男人愿意来背负三个人在北京四年的衣食住行。芳芳的话有道理,如今年轻人的感情明码标价,他们只为值得的人付出感情。在对待情感婚姻方面,芳芳这一代远不如我和老钱那一代。我们那个时代的男人还算仗义,他们有担当,也不吝啬付出。

当然,不能因为情感婚姻一概否定时代的进步。贝贝这代人,就是时代进步的最大受益者。贝贝从小过着衣来伸手饭来张口的日子,不像我们小时候,吃不上穿不上,物质生活匮乏得像个乞丐。可贝贝还是不知足,她竟然反对我和芳芳陪她去北京读大学。自从我们决定去北京陪读后,贝贝俊俏的小脸就拉得老长,脸色比那些没考上大学的同学还难看。她毕竟还是个孩子,对妈妈和姥姥的一片苦心不理解。我和老钱忽略了芳芳的成长,芳芳的遭遇就是我们做父母的失职。我错过了芳芳,决不能再错过贝贝。在贝贝最需要呵护的时候,我一定要在场。

距贝贝学校开学还有半个月,我们一家三口就到了北京。在一栋旧居民楼里,我们租下一套一居室,这里距离贝贝的学校不到三站地。接下来的几天,我和芳芳开始布置新家。贝贝住卧室,我和芳芳住客厅。客厅里有一个折叠沙发,打开是一张双人床。虽说每天收放折叠沙发费劲儿,可是两居室比一居室的价格贵一倍,就算是麻烦点儿也值得。对于全新的北京生活,芳芳是这样规划的:贝贝负责完成学业,我负责料理生活,芳芳负责打工赚钱。

因为只有高中学历,芳芳只能去一家餐厅应聘当服务员。餐厅服务员的月薪只有三四千元,支付房租都不够。干了半年之后,芳芳也没能做成餐厅的领班,月薪还是四千五百元,也只够房租钱。贝贝已经长成大姑娘了,她有很多固定花销,仅仅是化妆品,每个月就得一两千元。我的退休金在北京只够买菜买主食,想买一点儿海鲜和牛肉都得精打细算。每个礼拜去菜市场,我几乎能把整个菜市场转遍,就为了买到新鲜又便宜的蔬菜。有一天,住一楼的裴大姐说五棵松的菜市场价格便宜,我便打听着找到五棵松菜市场,芹菜、芸豆和西蓝花果然便宜不少。再后来,我还摸到新发地果蔬批发市场,这里的水果和蔬菜都是批发价,就是路远了点儿,来回跑一趟总共要倒六回公交车。从住的地方去新发地也可以乘坐地铁,两头坐五站公交车,省时也省力,只是乘坐地铁不能享受老年人免费乘车优惠。我一到北京就去派出所办了暂住证,办下暂住证来就能去办理老年人乘车证,每天乘坐公交车能省下不少钱。每回去新发地,我尽量多买一些食材,因为这一趟跑下来,我的血压一晚上都降不下来。从青岛带来的降压降脂药已经吃完了,在北京的医院开药享受不了医保,吃那么贵的降压药,我的血压只怕是会越来越高。

7

有一天，我误打误撞走进胡同里的一座寺庙。这座寺庙隐蔽在市井深处，从外面压根儿看不出宝相，也看不出庄严。如果不是门口的牌匾上写着"悯慈庵"三个字，我还以为这里是某个王府的深宅大门。悯慈庵异常清冷，也不卖门票，只有几位师父和一些居士在寺里操持。前些年，我已经在青岛的湛山寺皈依，我从卡包里找出我的居士证，寻到一位左脸颊有一块红痣的师父，问我可不可以进去看看。师父很是和善，口诵佛号双手合十，说是欢迎有缘人前来随喜。悯慈庵里很是幽静，徘徊在寺庙里，让人很难相信这里身处闹市。我当即就喜欢上了悯慈庵，这大概就是佛家所谓的缘分。我再次寻到左脸颊有红痣的师父，问我以后可不可以来寺庙做义工。我的普通话说得不好，怕师父误以为我是来北京旅游的，我赶紧接着解释道，我是青岛人，在北京陪外孙女读大学，外孙女考上了国家戏剧学院，是表演系，我住的地方离悯慈庵很近，我可以每天都过来。

就这样，我在北京也有一处安放灵魂的地方了。此后，我差不多每天都去悯慈庵，打扫卫生，看守香火，接待居士，诵经礼佛，有时候也会帮着做做素斋。每次轮到我在大殿看守香火的时候，趁着大殿里没有人，我都会为观世音菩萨磕一百零八个头，一直磕到腰膝酸软。我进过无数寺庙，还从来没有一个人在大殿上磕头礼佛过。如今，我的造化能够让我独自占有整座大殿，这就如同观世音菩萨只接待我一个人，只过问我一个人的疾苦。因此，我磕头的时候，不仅心要虔诚，一跪一拜一磕头都做到一丝不苟，唯有心诚才能感动观世音菩萨，保佑贝贝将来能够成为国际大明星，让我和芳芳早日脱离苦海……

贝贝住校，只有周末才回家。平日里，芳芳中午不回家吃饭，我正好在庙里吃素斋，省了钱，做了善事，也安了心。下午四点左右，我去菜市场买菜，回家做好饭，芳芳也就到家了。因为要去悯慈庵做义工，就没有那么多时间跑新发地买便宜蔬菜了，这事儿让我纠结了好一阵子。还好，不久之后，我发现了一个买到便宜蔬菜的窍门。

租住的小区里开了一家蔬菜店，店里为了吸引顾客，打出不卖隔夜菜的招牌。蔬菜店从晚上七点开始，每过一个小时，蔬菜就降价两折。于是，每天晚上等芳芳吃完饭，我洗好餐具收拾好厨房，就跑到蔬菜店里，坐等蔬菜打折。我一个无事可做的老太太，能为家庭多省一分是一分。蔬菜店里晚上打折的规则是这样定的：晚上七点打八折，八点打六折，八点半打五折，九点打四折。蔬菜店晚上九点半关门，关门前，所有的菜是两折卖。晚上七点后，蔬菜店里熙熙攘攘都是小区里的老头儿老太太，他们都是瞄着打折蔬菜来的。因为人太多，甚至影响到了正常买菜的年轻人。蔬菜店的老板也没办法，规则是他制定的，他就得承受规则带来的后果。有时候，店里的人实在挤不开了，老板也会出面，劝说大家到店外等。开店的张嘴往外撵人不容易，大家都会觉得脸上无光。住对门的柳大爷一边往外走，一边嘟囔："到你店里来的就是上帝，往外轰人是什么道理？有失体统！"不满归不满，大家毕竟都从蔬菜店得到了实惠，只好阴沉着脸散到店外去等。等待过程中，不时有人进店察看一下自己想买的菜还剩下多少。大家之所以晚上七点钟就去蔬菜店，是因为有些菜品量少，眼看着等不到九点半的两折，就只好提前下手，买到六折五折的菜也是赚了。

　　周四去蔬菜店前，我都会在微信里问一下贝贝想吃什么菜。贝贝对我每回的询问很不耐烦，大多时候她都只回复两个字：随便。有一回，贝贝回复了五个字：吃回锅芹菜。贝贝这样的态度，让我心里很不舒服。我放弃了熟悉的生活环境，为了她跑到北京来陪读，搭上我的所有时间和所有退休金，换来的竟然是她对我的爱搭不理。如果养成这样的不良习惯，她以后如何跟其他影视明星相处，如何应对各路媒体记者？即便是在我和芳芳的看护下，贝贝没有负面的男女关系问题，也会被媒体嘲讽没有素质、没有教养。

　　到了蔬菜店，我先去看了一眼芹菜，还剩下四扎，只有一扎还算水灵。我看了一眼时间，才七点半，距离两折还有两小时，这期间如果有人进来买芹菜，肯定会把那扎水灵的挑走。前后思量有十分钟，眼看着有一个刚刚下班的女孩走过来，眼神瞄向芹菜，我赶紧抓起那扎水灵的塞进塑料袋里。接下来，我拎着这扎水灵的芹菜，在狭小的蔬菜店里足足晃悠了两小时，最终买到了两折菜。

8

　　芳芳最近有些奇怪,变得话越来越少。她辞去了餐厅服务员的工作,注册了外卖骑手。芳芳说送外卖辛苦一点儿,但是比在餐厅里赚钱多。贝贝的开销越来越大,除了用高档化妆品,还要穿名牌衣服、背名牌包。如今的孩子,都是没心没肺的主儿,买个包花两三万元不眨眼,也不想想自己的妈妈要接多少单外卖才能赚回来。我已经感受到了经济压力,因为芳芳有时候还问我要钱。说是借钱,其实就是要钱,我们三个人是同一个经济体,哪有什么借贷归还一说?我的退休金本来只够我们三个人吃饭的,芳芳问我要钱,我只能从口粮上节省了。现在,家里的米都是买两种,九元一斤的五常大米是给贝贝吃的,三点五元一斤的普通大米是我和芳芳吃的。如此一来,电饭锅要蒸两次米饭,电费又要多费一倍。后来,我灵光闪现,想出一个妙招:从超市里花两元买了一个铝质饭隔,用钳子把饭隔规整成合适尺寸,放在电饭锅里间隔两样大米。我的手工饭隔不能做到完全隔离,吃米饭的时候经常能嚼到筋道十足的米粒,那种感觉挺好的,就像小时候吃萝卜馅包子咬到一粒肉丁。电饭锅隔离做到了,接着又出现另外一个问题:好大米和普通大米的吃水量不一样。好大米吃水少,普通大米吃水多。水放多了,影响贝贝的米饭的口感;水放少了,我和芳芳就得吃夹生米饭。我反复试验着放不同规格的水量,终究难以平衡两种大米的吃水量,最后也只好放弃试验,煮饭的放水量以五常大米为准。因为贝贝正在长身体，我和芳芳每个礼拜吃两天夹生饭算不了什么。好在贝贝已经读大三了，明年进入实习期就能接戏了，我和芳芳的苦日子也就熬到头了。

周五下午，我从悯慈庵出来，看到路边一男一女两个环卫工人在聊天。两个人看上去都有六十岁左右的样子，女的操一口山东口音，正跟男的唠家常。我禁不住好奇，停住脚步，问那个女的："大妹子你多大岁数？"那女的迟疑一下，大概也听出了我的山东口音，她说自己五十九岁。我又问道："你们环卫工人一个月能挣多少钱？"男的是河南口音，他说一天干八个小时，一个月三千元。女的补充说，要是礼拜天不歇双休日，能拿到四千元。我接着问："我今年六十二岁，环卫局还要我这个岁数的吗？"男的摆了摆他黢黑皲裂的手，说六十岁以上的不要，语气里带着年龄优势的自豪感。

我迈着轻快的脚步，一路小跑回家做饭。一路上，我打定主意，我要去环卫局扫大街，一个月多赚四千元为芳芳减轻压力。环卫局不招收六十岁以上的老人，但我有办法，悯慈庵赵居士的丈夫是环卫局的一个处长。我跟赵居士很聊得来，她说她丈夫就负责招聘和管理环卫工人。通过赵居士做丈夫的工作，我去环卫局扫大街应该不是什么问题，我毕竟才六十二岁，比规定的岁数只大两岁。一想到下个月就有四千元进账，我今天多买了一盒带鱼段。我还把电饭锅的铝质饭隔去掉，焖了一锅五常大米饭。我特意给芳芳打电话，让她晚上回家吃饭，我们一家青岛人好久没有吃鱼了。芳芳最近不怎么回家吃饭,因为要随时随地接单,肚子饿了就会在外面胡乱对付一口。

9

用了整整一个礼拜时间办理完手续,我终于穿上了红黄马甲,变成北京的一名环卫工人。但是,令我没有想到的是,我上班第一天就惹出了大麻烦。

到环卫局报到后,我被分配在第九组。第九组的组长姓马,马组长说上面有人关照我,给我分了一个活儿轻省的路段。我当时眼眶子发热,差点儿落泪,心里十分感激赵居士和她的丈夫。马组长分配完工作,我们一众环卫工人便推着工具车上工。找到负责的路段,我顿时傻了眼,这段路的活儿压根儿就不轻省,马路两侧全都是厚厚的落叶,看上去至少有十天半个月没打扫了。我心里没有抱怨,兴许是马组长搞错了。即便是没有搞错,我能得到这份工作,也该珍惜、知足。于是,我便撸胳膊挽袖子清扫起来。地上的落叶很厚,扫了不到十米远,树叶就装满了一车子。两个小时扫了不到一百米,我已经推走了十车树叶,累得我浑身冒汗。仅仅是累也就罢了,我一边打扫还一边遭人嫌弃,尤其是一些年轻人,他们应该是跟贝贝相仿的年纪。我知道社会上有职业歧视,有些人瞧不起环卫工人,于是我置若罔闻,闷着头只管扫我的大街。几乎没有午休,也没有吃午饭,我整整干了十个钟头,我负责的路段才只清扫了一半。看看时间差不多了,我赶忙赶回环卫局的存车处,换好便装回家做饭。今天是周六,贝贝还要回来吃饭。这一顿饭,我做得也是心不在焉,炝炒芹菜都忘了放盐。贝贝吃了两口就把碗筷扔下,说不合她的胃口。这个丫头越来越挑食,经常晚上在外面吃饭,也不通知我一声,害得我白做饭。我今天没有心思跟贝贝说教,因为我心里一直装着那半条还没有打扫的马路。今天是我第一天上班,不能连工作都完不成,万一被马组长知道了,汇报到赵居士的丈夫那里,我多没面子啊。匆匆收拾完碗筷,我便出门了。芳芳背起送餐的保温箱,也要出门。她问我是不是去菜店买打折菜。我说是,便跟芳芳一起下楼。突然,我想起一件事,我问芳芳:"人家送外卖都把保温箱放在后车座上,你怎么背在身上?"芳芳犹豫了一下,说道:"我换了一辆能折叠的电动车,没有后座,只能背在身上。"

　　这天晚上,我一直干到后半夜,终于把我负责的路段清扫干净了。就在我坐在路边歇息的时候,我突然感觉一阵头晕,晕到我不得不就地躺在马路牙子上。望着北京深秋的夜空,我看不到一颗星星,觉得大城市里的人真是可怜。青岛有"秋老虎",我小时候没有电风扇,青岛人在秋天的晚上都会在街道上乘凉。波螺油子的路面上摆着马扎和小板凳,我爸爸会指着夜空里的星星给我讲故事。爸爸的故事不太多,所以会把同一个故事反复讲,例如牛郎织女的故事。爸爸说,那三颗连成一条线的星星是牛郎星,中间大一点儿的星星是牛郎,两边小一点儿的星星是牛郎和织女的两个孩子,牛郎用一条扁担挑着两个孩子,所以才会连成一条直线……故事听到这个时候,我

·总有春光堪回首·

和妹妹就睡着了,爸爸妈妈分别把我们姊妹俩抱上床。

在马路牙子上躺了足有半个钟头我才慢慢缓过来,我知道这是疲劳过度引起的高血压导致的。我已经有两年多没吃降压药了,青岛的医保买不了北京的药,为了省钱,我只能仰仗佛祖保佑。深夜时分,我拖着疲惫的身子回到住处,发现贝贝已经睡着了,而芳芳还没有回来。这么晚了,难道还有人叫外卖吗?心里想着芳芳,我便沉沉睡去。

第二天早晨,我看到芳芳已然睡在我身边,不知道她是什么时候回家的。我没有惊扰芳芳,起身去厨房做好三个人的早餐。我喝了一碗白粥后,就悄悄掩上房门,赶去环卫局存车处。我刚刚走进院子,就看见马组长双手叉腰,冲着几个环卫工人发脾气。看见我之后,马组长一脸怒气,问我为什么把银杏树叶全都扫光了。我当时就愣住了,我来环卫局不就是扫树叶的吗?马组长说市民给区长热线打电话,投诉我们环卫部门清扫景观道的银杏树叶。原来,那条道路属于景观道,每年秋天要等所有银杏树叶落光之后才能清扫。看来人家说是照顾我没有错,那条路整个秋天才需要清扫一次。这事儿不能怪我,谁让他们事先没有跟我讲清楚?马组长听我辩解,他更加来气,说这条景观道的银杏树叶已经保留二十几年了。最后,马组长用羞辱的口气训斥我:"你是刚到北京的吧?山东土老帽儿!"

马组长一生气,给我换了一条路。这条路两侧都是国槐和杨树,每天早晚要清扫两次。

10

北京的春天来得真早,用师父的话讲,一夜之间,满城春色。

自打成了环卫工人,我去寺庙的时间少了,毕竟是六十多岁的人,精力有限,实在顾不过来。高血压时时困扰着我,头晕的时候,我不得不在街边的长椅上躺下歇息。在长椅上也不敢躺太久,万一被马组长看见,我超龄的事儿就露馅儿了。被环卫局辞退是小事,万一连累到赵居士的丈夫,我的罪过可就大了。想到这些,我赶紧从长椅上爬起来,接着扫我的大街。北京的街头多是杨树和槐树,春天一来,杨絮满天飞,就算是一天二十四小时不回家也清扫不干净。真是奇怪,北京城为什么要栽种杨树,如果全都种银杏树该多好,秋天一来,北京就变成了一座金色城市,那才是首都该有的气派呀。这事儿让我联想到小时候妈妈经常念叨的一句俗语,说是"桃三杏四梨五年,憨蛋才种白果园"。妈妈解释说,桃树三年结果,杏树四年结果,梨树五年结果,只有银杏树(青岛人称银杏树为白果树)要十年才能结果,所以只有很傻的人才会栽种银杏树。

打开保温杯,我坐在长椅上喝了一口水,一辆黑色轿车停在我面前,马组长从车窗里探出头来,冲着我嚷嚷道:"赵桂玲,你坐着喝工夫茶哪!今天晚上全体加班,这条路上不能留下一点儿垃圾。"我赶忙站起身来,问马组长,这条路是不是又要过外宾。马组长冲着我挥挥手说:"你一个扫马路的打听那么多干什么,好好干你的活儿就是了。"说完,马组长从车里递出一

　　　　　　　　·总有春光堪回首·

个塑料袋来,说今天是端午节,环卫局请大家吃粽子。我负责的这条马路经常过外宾专车,所以也就经常加班。真想不到,外国元首来访能影响到我的工作。我每回想到这种因果关系就觉得神奇,加班的时候也不觉得难熬了。等我以后回到青岛,可得把这事儿跟我那些没见过世面的姐妹说道说道。

想到贝贝马上就要毕业,很快就能拍戏赚钱了,我心里就会踏实很多。四年来,虽说日子过得辛苦,可毕竟把贝贝这棵小苗培养成了树,一棵没有长歪的树。树只要不长歪,成材是迟早的事儿。贝贝将来成了大明星,记者采访她的时候,她肯定会感恩姥姥的付出。那个时候,我和芳芳应该回到青岛了,就算是从电视机里听到贝贝说这番话,我这个当姥姥的也知足了。时至今日,芳芳和贝贝都不知道我在扫马路,她们以为我每天早出晚归是在悯慈庵做义工。逢有加班的时候,芳芳问我怎么半夜才回家,我都说是寺庙里有活动。其实,芳芳也一样,她肯定也有事儿瞒着我。以前,她送外卖,工作到晚上八点就回家了。最近多半年,芳芳经常到凌晨两三点才回家,我不相信两三点还会有人叫外卖。为此,我问过芳芳,是不是在外面做别的事情。芳芳大概知道我指的"别的事情"是什么,她苦笑着摇摇头,说她如果能干别的事情就不会像现在这么辛苦了。我又问,她以前都是上午十点出工,现在怎么下午才出工。芳芳说晚上点外卖的多,不用像白天那样耗时间。自打被我盘问过之后,芳芳开始像以前一样上午十点出工,但她还是会在凌晨回家。直到有一天,我扫马路的时候,看见躺在长椅上睡觉的芳芳。折叠电动车被链锁锁在长椅上,芳芳枕着保温箱睡得很香,口水都流到了地上。我穿着环卫工人的红黄马甲,没敢叫醒芳芳。我走到马路对面的饮品店,给芳芳买了一杯超大杯的热焦糖玛奇朵,轻轻地放在长椅上,悄悄推着清扫车走开了。那一刻,我断定芳芳晚上肯定还在外面做别的事情,自从我怀疑她之后,她便上午出门,出门后就找地方补觉。芳芳在外面到底做什么事儿?她应该不会做那种不体面的事儿,芳芳压根儿就不是那种人。

11

深夜十一点半,终于又清扫完一遍负责的路段,我感觉身上已经冒汗了。就在我推着清扫车往回走的时候,一团杨絮扑面而来,沾到我汗津津的额头上。我看了一眼马路,刚刚清扫过的路面又落上零星的杨絮团,这玩意儿怎么没完没了呢?就在此刻,我突然觉得一阵眩晕,紧接着腿脚酸软。我想伸手扶住清扫车,可我的右手不听使唤。待我想伸左手的时候,我的整个身子就像一条从晒衣架上飘落的裤子,软塌塌地伏在了地上。我的心头涌起一股不祥的预感,还有一种濒死的恐惧感。医生曾经警告过我,让我必须按时按点服用降压药和阿托伐他汀。可是,青岛的医保不能在北京用,药店里的阿托伐他汀五十二元一盒,一粒药合七元,穷人哪里吃得起?在青岛开药倒是能走医保,可是医生一次最多开一个月的药,我总不能一个月回一趟青岛开药吧,高铁来回一趟票价就是一个星期的菜钱。

躺在冰冷的马路上,我用左手掏出手机,想给芳芳打个电话。找到芳芳的电话号码后,我又犹豫起来:芳芳若是正在派送外卖的路上,她怎么来管我?她来管我,就会耽误送外卖,就会遭客户投诉,平台就会扣她的钱……再说了,芳芳真的来了,我扫大街的事情也就暴露了。就在我犹豫的当口儿,马路上走过来一对年轻情侣。女的俯下身来,问我怎么了。我说我头晕,躺会儿就好了。男的问道,要不要给我叫救护车。我摇了摇头。我可不想叫救护车,我听环卫局的工友说过,叫救护车的费用很高,比租最好的商务车的价格还要高好几倍。这对小情侣扶起我,把我架到路边的长椅上,这个长椅就是芳芳睡过觉的长椅。我坐在长椅上大口喘息着,感觉右半边身体越来越僵硬,身子不由自主地滑落到地上。我听到女的对男的说,赶紧打 120 叫救护车。接着,我便失去了意识。

　　等我醒来的时候,我先是听到救护车的警笛声,然后发现自己躺在救护车上。唉……到底还是叫救护车了,这一趟不知道要向我收多少钱。救护车里有一个女医生,她看我睁开了眼,问我感觉怎么样。我说觉得不太好。女医生说:"你不要睡觉,跟我讲话,现在已经上西直门桥了,马上到医院。"还没等我讲话,我就觉得救护车在急刹车,接下来车子便不动了。女医生抬起头来,问司机怎么回事。司机说道:"前面的越野车走得好好的,突然撞到护栏上,幸亏我躲闪及时。"

　　这个时候,我已经不像先前那么惊恐了,只是担心明天外宾车队路过时,马路上飞着一团团杨絮会不会抹黑北京的形象。这一回，不再是外国元首影响我的工作，而是我这个小地方来的老年妇女没有完成工作，影响到国家的外事活动。这事儿要是细究起来，我年龄作假就败露了，势必连带赵居士的丈夫……这可如何是好？还有，今天晚上贝贝和芳芳回家见不到我，肯定会着急地四处找我，我扫大街的事儿也就瞒不住了。最近，贝贝回家也很晚，说是见导演，跟导演吃饭说戏。有一回，贝贝比芳芳回家还晚。我跟芳芳说："最近贝贝应酬太多了，是不是该给她念念紧箍咒了？"芳芳说："贝贝已经长大了，应该有一些应酬，这是演艺行业里不可避免的。"人家当妈妈的都这样说了，我这个当姥姥的也不好多管多问。

接下来，我又想起小时候在屋外乘凉的秋夜，脑海里还浮现出爸爸把我背在后背上回家的情景。其实，我大多数时候是装睡，装睡就是为了能伏在爸爸温暖的后背上回家。

我太累了，眼皮涩涩的，日子就像麻药一样，让人一点儿一点儿失去知觉。我要紧紧箍住爸爸的脖子，回家，睡觉，好满足啊。临睡前，我听见医生说，普通的老年中风，不严重……

屠贝贝

1

从我记事的时候开始，我听到的最多的话就是"贝贝要努力,不要辜负妈妈"和"贝贝要加油,给姥姥争口气"这两句,这两句话二十年如一日在我耳边回荡着,我的降生似乎就是为了成就另外两个女人的虚荣心。这两位女性其他的唠叨则是随机的,但是内容大抵相同,都是鞭策、激励、督促之类的,偶尔夹杂着妈妈从手机上学到的心灵鸡汤话语。理智告诉我,要对妈妈和姥姥心存感恩,因为她们做的一切都是为了我好。姥姥能做一星期不重样的菜,而且她能够满青岛转悠着买到最便宜、最新鲜的食材。我们家餐桌上划分出两个区域:一个区域是剩菜剩饭,是姥姥吃的;另一个区域都是现做的新鲜饭菜,是我吃的。妈妈可以兼顾两个区域里的饭菜,她如果夹剩菜夹多了,姥姥也会制止,说剩菜里有亚硝酸盐,不健康。所以,看到姥姥只吃剩菜剩饭的时候,我心里会有一种在给姥姥下毒的罪恶感。以世俗的眼光看,妈妈和姥姥对我三百六十度无死角的呵护,简直让我幸福到爆。可是谁也不会想到,姥姥周到的膳食,加上妈妈随时随地的心灵鸡汤,早就导致我营养过剩,我吃着想吐,听着想死。

　　姥姥一直称呼我是"世纪宝宝",她总觉得我应该与众不同。她每回说"世纪宝宝"的时候,语气里都洋溢着神圣感,尤其是对外人说的时候。当我问姥姥世纪宝宝与普通宝宝有什么不同时,姥姥也说不出个所以然来。她沉默一会儿才对我说,世纪宝宝一百年才有一个。我纠正姥姥,说不是一个,我们全班都是世纪宝宝,全世界有几亿个世纪宝宝。我还对姥姥说,时间如果以百年计,任何一年出生的宝宝都是一百年才有一拨。姥姥大概觉得我说得有道理,话锋一转,说:"姥姥总给你做鱼吃,你的脑瓜子就是聪明。"姥姥说这话的口吻,仿佛是我能够发育出大脑,都得归功于她给我做鱼吃。

其实,姥姥最大的特征是焦虑,凡事都能看到最坏的一面。例如,有一次开家长会,老师说我最近上课不安心,姥姥听到后,便觉得我早恋了。早恋肯定影响学习,影响学习肯定考不上大学,考不上大学肯定要去打工,一个长相俊俏的打工人只能被老板……姥姥似乎已经看到流氓恶霸强抢民女的画面了。姥姥不仅自己焦虑,还要制造焦虑气氛,让妈妈跟着她一起焦虑。她会对妈妈添油加醋地描绘我上课不安心,最终要达到妈妈如果再不出手制止,我便跌进万丈深渊的效果。

至于妈妈,我甚至有点儿害怕她,因为她比姥姥还让我头疼。在她没有新的心灵鸡汤灌输给我的时候,她会不住地给我下达生活指令,诸如"手机距离眼睛远一点儿,手机看得是不是太多了""走路要挺胸抬头,要有艺术范儿""走路要轻盈,不要拖着脚后跟走""刚才见了李叔叔为什么不微笑""同学叫你,你不要那么大声回复,要矜持,要有淑女状"……等到有了微信之后,妈妈最热衷的便是晒她和我的自拍合影。她可以一口气拍上上百张跟我的合影,从中挑出我们俩全都露出八颗牙齿微笑的,然后发到朋友圈里,等着看朋友们赞美"呀!简直是姐妹照啊",之后她才假装谦虚地回复"皮肤不行了"。其实,我妈妈的皮肤非常好、非常细腻,像少女一样富有弹性。妈妈虽然长得很漂亮,可是她不可爱,她的严厉淹没了她身上的温

·总有春光堪回首·

度。所以,当我受委屈的时候,我都不知道该向谁去倾诉。

我读初中二年级的时候,有一次忘了带钥匙,偏巧赶上姥姥去沙子口码头买鱼。进不了家门,我只好在街上闲逛,居然遇到了朱涵同。朱涵同是我的小学同学,他初中转学去了开发区的中学。在小学期间,我就能感受到他对我有好感。可那回见面的时候,他竟然对着我油腔滑调说一些不三不四的话,惹得与他一起的三个男生哄笑不止。我当时有些恼怒,就不想再理会朱涵同,可他带着三个小伙伴一直尾随着我。走到泗水路的时候,幸亏两个保安发现了,才把朱涵同他们赶跑,并把我送去了派出所。派出所的警察询问我的时候,我把朱涵同揭发了出来,据说警察后来去了朱涵同的学校,他还因此受了处分,好像是留校察看。这件事情在我心里留下了阴影。一直到上大学后,我读过一些心理学方面的书,才明白朱涵同其实没有什么恶意,只是那个年龄的小男孩不知道该如何向自己喜欢的女生示好。唉,也不知道朱涵同现在怎么样了,那次因为我受到的处分会不会影响他。

通过这件事,妈妈会不厌其烦地叮嘱我,说现在的社会风气不正,让我不要跟任何男生来往。妈妈训斥我的时候,姥姥会时不时插嘴,要我从妈妈身上接受教训。闻听此言,妈妈把矛头迅速转向姥姥,并控诉姥姥和姥爷自私,说他们只顾着自己的工作,才导致她早恋、早生孩子……

于是,妈妈便跟姥姥吵了起来。从她们俩争吵的内容,我能判断出,妈妈在我这个岁数已经开始了早恋。怪不得妈妈那么早生下我，她们那个时代难道不知道使用安全套吗？

初中三年级的时候，便有男同学开始给我递小纸条，说一些情啊爱啊之类的话。我对这些男同学没有丝毫兴趣，他们都是一些小屁孩，又丑又傻又幼稚，根本配不上我。我虽然不喜欢这些我看不上的男同学，但是喜欢收到他们写的情书，谁让我是校花呢。一直到高三那年，令我心动的男孩终于出现了。他叫王宇豪，长得像明星，是前一年没有考上大学，今年插班进来的复读生。进入高中后，男同学就像是集体发情了一样，我隔三岔五就能收到男同学的情书或小礼物。有一天，我还收到过一部名牌手机。最新款的名牌手机让我很是心动，因为我早就想换掉已经用了三年的杂牌手机。可是妈妈说什么都不让我收手机。我说，我不知道是谁送我的，所以不知道该把手机退还给谁。我说的是实话，我的确不知道是谁送我的。那天早晨，我走进教室打开课桌，就看到了没有拆封的名牌手机。因为没有找到小纸条，所以，我只好举着手机大声问道："这是谁的手机？"教室里四十多双眼睛齐刷刷地看着我和我手里的名牌手机，男生的眼神里是钦佩迷惘困惑，女生的眼神里是羡慕嫉妒恨。最终也没有人认领手机，所以，我也不知道是哪位献的殷勤。最后，我只好听妈妈的话，把手机交给班主任处理。

其实，我最期待的是收到王宇豪的情书，可他整日里一副心无旁骛读圣贤书的样子，压根儿就没有理会过我。班主任大概怕影响我，始终没有告诉我是谁送我的手机。既然不知道是

·总有春光堪回首·

谁送的,我权当是王宇豪。因为王宇豪的家境应该不错,他用的就是这个牌子的最新款的手机,穿的也是复古限量版的高端运动鞋。把手机交给老师后,我留意观察了王宇豪整整一个星期,他看我时的眼神竟然有些慌乱,甚至还有些脸红。于是,我十分笃定,手机就是王宇豪送的。送这么贵重的礼物,为什么不给我写几个字呀?男生真是笨啊!我退还礼物,王宇豪会不会误会我不喜欢他呢?我觉得有必要向王宇豪解释一下。于是,我第一次给男生写了小纸条,解释妈妈不让我收受男生的贵重礼物。我在小纸条里做了暗示:"虽然退还了手机,但是不影响我们做好朋友。"我担心王宇豪理解成礼貌性敷衍,又在小纸条里赘述道:"从你进入我的视野那天起,我便注意到你了……"

2

海参大概是世上最难吃的海味。姥姥每周去一趟沙子口码头,一次买回来够吃一个星期的新鲜海参和鲅鳒鱼。鲅鳒鱼是我们三个人吃的,但是,海参只有我一个人吃,因为姥姥听一位老中医说过,青岛连续五年来的文理科高考状元,都吃过他家卖的海参。面对金钱考量的时候,姥姥总是能够保持清醒,不轻信,不盲从。姥姥嫌老中医家卖的海参太贵,她就每周跑一趟沙子口码头,而且买的是新鲜海参。姥姥的这个做派,很像是去实体服装店试完衣服,扫码服装吊牌后去网购。妈妈的服装店倒闭,就是因为姥姥这种人太多了。新鲜海参有特点,那就是又腥又硬又咬不动。海参的功能,就是让我对早餐失去了兴趣。如果每天早晨仅仅是吃新鲜海参,或许会让我好受一点儿,可比吃新鲜海参还让我倒胃口的是姥姥和妈妈的循环唠叨。姥姥说她拖着风湿老寒腿,忍受着肩周炎,从沙子口码头背回来的海参,我怎么还会嫌弃腥硬咬不动?这样低质量的唠叨毫无逻辑,难道姥姥背回来的是鹅卵石,我也得咽下去吗?姥姥本来在厨房里唠叨,她为了强调后面唠叨的内容,特意走出厨房站在我的跟前,说她一个月的退休金刚刚够她跑四趟沙子口码头,还唉声叹气,说海参越来越贵。

在姥姥打嗝的间隙,妈妈适时插入进来。妈妈不像姥姥,把海参和鲍鳎鱼的价格说得那么笼统。妈妈像个称职的会计,说这个星期的英语辅导费九百元、数学辅导费七百元、舞蹈课八百元、表演课一千六百元……朝晖透过阳台玻璃上"五子登科"的剪纸照射进来,洒在妈妈的脸上,也把她喷涌而下的唾沫星子照耀得缤纷闪亮,大部分落进我面前的海参汤里,让我丧失了最后一点儿胃口和耐心。于是乎,我在两个女人的循环唠叨中,背负着好几千元的债务逃出了家门。那个时候,考上大学、远离我生命里的这两个女人,成了支撑我活下去的信念。在我的眼里,姥姥和妈妈就像是两个赌徒,她们押我将来会成为女明星。于是,她们倾其所有,甚至不惜赌上自己的生活和我们唯一栖身的房子。想到这些,我非但不再有感恩之心,甚至还对她们生出怨恨。我最亲近的两个人,让我背负了莫大的压力。我经常会想,如果爸爸还在,他会不会改变我目

·总有春光堪回首·

前的处境？都说父亲疼女儿，我相信如果爸爸在世，我的状况肯定不会像现在这么糟糕。对于爸爸，妈妈几乎从来不提及，我都是听姥姥说起的。姥姥说爸爸是一个混社会的小痞子，早早就把妈妈给祸害了。姥姥还说爸爸这种人就是来讨债的，说我妈妈前世欠了爸爸的债。对于姥姥的这种说辞，我心里很是反感。有时候，我会为爸爸妈妈辩解，说妈妈在家里得不到爱才会早恋。说到这些，姥姥便不再诟病爸爸，她心里应该觉得我的话也有几分道理。

读高三的时候，我大部分时间在北京上艺考的辅导班。这些辅导班大都有相关院校的老师参与，辅导老师对每个学生家长说着几乎一样的评语："你的孩子非常优秀，我已经很多年没有见过这么有潜质的好苗子了，如果不出意外，这孩子经过四年科班学习，将来肯定会成为国际大明星。"妈妈和姥姥就是被这样的话术蛊惑了，为了不让我"出意外"，她们毅然决然地卖掉了青岛唯一的房子。可不是嘛，成为国际大明星，青岛的一套房子算什么，就算是一套别墅也不在话下。其实，我当时听到这些话术的时候，也禁不住怦然心动。

因此，临近高考的时候，我开始发奋努力地复习功课。在学习方面，王宇豪给了我很多帮助，甚至还能和我分享他高考的心得和经验。在他侃侃而谈时，我无限崇拜地注视着他，发现他的双眸熠熠发光，那是一个少年最纯真最美好的高光时刻吧。王宇豪向我描述着心中的圣殿，我跟他一起仰望苍穹。偶尔对视时，看到他嘴角上翘的弧度，我心中便如小鹿奔过潺潺小溪，水花四溅。

　　我还当面向他解释没有收受名牌手机的原因，王宇豪有些羞涩，他慌张地把话题岔开了。我这才发现，原来他也同很多这个年龄的男孩子一样幼稚，一样不知所措。那天黄昏，我们俩约在操场的樱花树下见面。王宇豪岔开话题后，他往前助跑几步，跳起来抓住樱花树旁边的单杠，"呼呼呼"连续做了几个引体向上。在那个初春傍晚，我们俩倚靠在单杠边上，一边说话一边望着彼此的眼眸。如今想起来，那是我今生凝望过的最干净最清澈的眼睛。我们俩不知道怎么越靠越近，后来，王宇豪吻了我。那一刻，一股超强电流瞬间走遍全身，我披着火光奔跑在小溪边，周围色彩就跟宫崎骏动画里的一模一样。一不小心，我便失足落进溪水里。我感觉到溺水一般的窒息，头脑里一片空白，嘴里只有水，没有一丝丝吸进去的气体。直到王宇豪松开我的身体，拍了拍我的脸蛋，我才猛然清醒过来。"哗啦"一下子，我从溪水中探出脑袋。睁开眼，我发现我和整个世界石化一般定格，随风摇落的樱花花瓣缤纷成唯一动态……

　　最后，是姥姥叫我的声音才把我唤回人间。原来，姥姥在学校门口接我下晚自习，直到同学们都走光了，她才找进教室，找到操场上。姥姥说她吓坏了，她以为我被坏人带走了。这就是我姥姥，遇事总往最坏处想，她能把我生命里最美好的一天想象成地狱。

　　高考结束第二天返校，同学们叽叽喳喳相互比照高考答案。参照王宇豪的答案，我知道我的分数肯定远超艺考分数

　　　　　　　　·总有春光堪回首·

线,心中顿时坦然。王宇豪也很满意,他觉得他的分数人民大学保底没问题,也有搏一把进北京大学的可能。离开青岛,离开妈妈,离开姥姥,还有什么能比这个更让我开心呢?我已经按捺不住了,想约王宇豪一起去毕业旅行。王宇豪似乎有些犹豫,但他还是答应了。这个时候,班主任走过来,把那部包装完好的手机交给我。班主任说她始终没有调查出是谁送我的手机,所以最终还得由我来处理。我欣然接过手机来。怪不得一说手机的事儿,王宇豪神态就不自然,原来老师不知道是他送给我的,所以也没有把手机还给王宇豪。此刻不同了,我和王宇豪算是男女朋友,男朋友送女朋友一部手机实属正常。我开心地撕开手机的包装,掀开盒盖后,发现里面竟然有一张纸条,我心里的甜蜜快要溢出胸腔。在心里,我一直嗔怪王宇豪不给我写情书,原来他早就想对我表明心迹,是我拒绝了。可让我奇怪的是,他是怎么把纸条塞进完好的包装里的?我打开纸条,看了一眼站在我面前的王宇豪,他的脸涨得通红,男生就是这么幼稚又局促。我打开纸条,上面的字迹很潦草,潦草得甚至有点儿丑陋:

贝贝:

　　上回把你弄哭了,我很难过,送你一部手机,算是我向你赔礼道歉。

　　　　　　　　　　　　　　　　　　朱涵同

那一刻，我的脑袋嗡嗡作响，等我抬起头来，王宇豪已经消失得无影无踪。

很多年之后，如果回忆起我的初恋，在我脑海里浮现出来的人依然是王宇豪。虽然，他骗走了我的初吻，可是，他毕竟是第一个让我心动的男生。

3

接到录取通知书那天，我兴奋得快要晕过去。试问，哪一个十八岁的女孩不想成为国际大明星呢？剧组、红地毯、镁光灯、巴黎影展、戛纳电影节……我未来世界的大门正在打开，我的身边再也不是妈妈和姥姥，而是助理、保镖和经纪人。一个干涩的声音把我从红地毯拉回到高三的教室，王宇豪一脸歉意地站在我面前，向我表示祝贺。我淡淡地道一声谢谢，让自己保持着波澜不惊的神情。王宇豪说他被人大新闻系录取了，还说人大距离我的学校不远，以后可以经常去看我。我不想跟欺骗我的男生多说一句话，便收拾起背包，骄傲地走出教室。未来世界的大门正在打开，以后哪有时间等你去看我，哼！

回到家中——其实是小姨姥姥的家。卖掉房子后，我们三口人又搬进了姥姥妹妹的那处房子里。当着我和小姨姥姥的面，姥姥说过无数回，将来等贝贝成了大明星，给小姨姥姥在青岛买一套大别墅。有了这个似是而非的许诺，我们三口人便心安理得地在小姨姥姥的房子里白住了大半年。瞧见了吧？我还没有到北京，身上已经背负两套青岛别墅的债务了。回到家中，妈妈和姥姥张罗了一桌子海鲜，还有我最喜欢吃的梭子蟹。因为接到录取通知书的时候，我已经打电话告知妈妈了。我心里清楚，妈妈和姥姥背负的心理压力不比我小，让她们尽早知道我被国戏录取，她们的心理压力也能尽快得以释放。就算是我的肩膀稚嫩，但是看到妈妈和姥姥替我负重，我还是于心不忍。说真心话，我能够考上国戏，幸亏有妈妈和姥姥的辛勤付出。基于这一点，我还是应该感谢我的两位亲人，她们也是我仅有的两位亲人。

妈妈接过我手里的录取通知书，眼角和眉梢都是笑意，她举着通知书跑到阳台上，说是要看看清楚。姥姥已经为我剥出一碗梭子蟹肉，让我洗完手赶紧来吃。我十分讨厌姥姥给我剥蟹肉，因为掰、咬、扯、抠的过程，也是吃蟹的乐趣之一。姥姥总是剥夺我吃梭子蟹的一半乐趣，她还自以为是，说我咬梭子蟹没准儿会划伤自己的脸，做大明星最重要的是保护好自己的脸。去年冬天，有一回姥姥给我剥蟹肉，还被蟹钳拐了一颗牙齿下来。姥姥满嘴是血，染到雪白的蟹肉上，搞得我整个冬天都不想吃梭子蟹。姥姥凑热闹，也跑去阳台上跟着妈妈看我的录取通知书。吃完一碗蟹肉，我听见阳台上传来抽泣的声音。我赶紧跑去阳台，看到妈妈抱着姥姥，两个人正在相拥而泣。我忍不住走上前去，抱着妈妈和姥姥，三个人在阳台上一起哽咽。

姥姥率先止住眼泪，说今天是个开心的日子，让我和妈妈赶紧进客厅吃饭。妈妈擦干眼泪，抬起头来对我说，她和姥姥刚刚做了一个决定,要去北京陪我一起读完四年大学。

　　闻听这个消息,我就像一个精疲力竭攀上悬崖的人,转瞬又被推下悬崖。脱离妈妈和姥姥的束缚,是支撑我走到今天的信念。可妈妈和姥姥的决定,就如同一个噩耗,又把我送回到地狱。妈妈的理由很充分,说我太漂亮容易被社会上的坏人盯上。我几乎用怒吼的音量喊道,我在学校读书,不接触社会。妈妈说,学校里也不全都是好人,学校里也有坏老师和坏同学。姥姥在一旁帮腔,说是她和妈妈要在我成为明星之前,全力保护好我。我说我进入大学,而且年满十八周岁,已经是一个成年人,知道该做什么不该做什么,我不要妈妈和姥姥再为我付出了。姥姥摇了摇头,说女人只要没有结婚就还是孩子,需要大人保护。我说她们如果非要跟着我去北京,我就不上了。妈妈摘下围裙,说她和姥姥现在寄人篱下不是长久之计,在青岛或者北京同样都是要租房子住。我说:"北京租房子贵,你们去了北京怎么支付房租? 怎么维持生活? "妈妈说:"我可以去北京打工,那么多'北漂'都能生存,我哪里比他们差? "

　　妈妈和姥姥要去北京陪读,对于我来讲不亚于五雷轰顶。更让我不能接受的是,她们俩做出这个决定的时候,压根儿无须经过我的同意。对于妈妈和姥姥来说,我就像是家里的那个拖把,什么时候扔掉换新的,压根儿不需要跟拖把商量。

4

　　在学校的靓男美女堆里,我的漂亮毫不起眼,我再也不是中学里那个骄傲的校花。最初考入国戏的兴奋劲儿消失得无影无踪，取而代之的是无尽的失落。这种感觉就像是一只金刚鹦鹉飞进孔雀群里——金刚鹦鹉与孔雀拥有相同的五彩斑斓和亮丽，但只要孔雀稍微扇动一下翅膀，人们便看不见金刚鹦鹉的身影了。在青岛的麻雀群里，我作为金刚鹦鹉积攒起来的自信和骄傲，在我进入争奇斗艳的孔雀群后变得浅薄又可笑。我在想，当年我看麻雀们时的眼光，就是现在同学们看我的眼光。这股失落情绪困扰了我足有半年时间。半年之后，我在北京动物园里终于找到我失落的原因。那天，我看着一只正开屏的孔雀踱着方步，以骄傲的姿态环顾四周，但是当我看到孔雀头的时候，觉得还不如一只公鸡的头好看。一只长相不如公鸡的孔雀为什么那么骄傲？还不是因为一身漂亮的羽毛，它用五彩斑斓的羽毛吸引着异性的视线，也让异性忽略了它的长相。可不是嘛，羽毛是鸟类的衣裳，我的失落不就是源于我的服装嘛。

我的那些女同学大都家境优渥，穿一水儿的顶级名牌服装，甚至还有高级定制服装，而我的服装全部来自网购，网购时我还要比较价位，找出全网最低价。如今的艺人全都靠包装出道，包装的重中之重就是衣着服装。演艺圈里看重的奢侈品牌，不是一般家庭能够承担得起的，遑论我这样的单亲家庭子女，我的妈妈只是一家湘菜馆的服务员。既然不能奢望名牌服装，我只好在化妆方面下功夫，每天在网上浏览大量的化妆品信息和化妆技艺。虽说女性化妆品也分等级，但即使再贵，其价格也只是顶级品牌服装的零头。

在接下来的寒假里，我细心研究了淡妆技术，也就是如何化出浑然天成自然美的妆。经过反复实践，我摸索出一套适合自己脸蛋的化妆术，妆后看上去真的像是素面朝天，但是面庞更显青春和自然。在春节后的新学期里，我以全新淡妆入校。不露痕迹的素淡妆容，配上我略显质朴的服装，一个浑身散发清纯自然美的贝贝现身学校，果然吸引了不少男同学的目光。自此，我化妆上了瘾，不在脸上折腾一个小时，都不敢出门示人。有一回，我逛街的时候把化妆包弄丢了。第二天，我没敢去学校，赶紧戴上口罩和棒球帽上街买化妆品。即便是把脸遮得很严实，我仍旧觉得自己像是赤裸着身体走在街上，因为我忘记戴墨镜了。

随着化妆技术日臻成熟，我也重新找回了自信，与同学们的交流和沟通逐渐增多。有一回，我们班七八个同学约好出去吃饭，一进那家餐馆我便呆住了，因为妈妈竟然在那里打工端盘子。妈妈看见我也是一愣，随即走开，去服务别的餐桌。接下来，整整一晚上，妈妈再也没有多看我一眼。那天晚上，我食之无味，甚至都不知道吃下了什么东西。我时不时扫一眼端着盘子从我身边走过的妈妈，她的鼻尖和额头上闪着油汗混合的光亮，眼角眉梢挂着下垂的倦意。她时不时拢一把齐耳的短发，把散落的发丝别到耳朵后面，接着收拾杯盘狼藉的餐桌。我很难想象妈妈此刻心里在想什么，是啊，她会想些什么呢？正想着妈妈会想些什么时，我便听到我身边的女同学薛紫涵的尖叫声。我扭头一看，发现妈妈端着一大份剁椒鱼头站在一旁，忙不迭地向薛紫涵道歉。原来，妈妈端着剁椒鱼头路过时，不小心把剁椒鱼头的汤汁溅到了薛紫涵的大牌风衣上。薛紫涵举着她的风衣袖口，在妈妈脸前晃着，厉声叫嚷道："你怎么那么不长眼，这件风衣你赔得起吗！"妈妈竟然不会辩解，只会一个劲儿地道歉，平时训斥我的"风采"全无。妈妈也真是的，偏偏招惹薛紫涵。薛紫涵是我们班的班花，也是全班同学争相巴结的对象，因为她认识好几个制片人，是我们班目前唯一上过戏的人。这一刻，我简直尴尬到天上了，窘到连一句劝说的话都讲不出口。幸亏李伯言从中说和，把气呼呼的薛紫涵按下，并把妈妈支开。我随着薛紫涵木然地坐下，像个木头人一样神情呆滞。也许是发现我的神态异常，李伯言对我开玩笑，指着远处的妈妈对我说："那个服务员长得还挺漂亮，真的很像你妈妈。"那一刻，我不知道自己脸上呈现出什么样的神情，只觉得两颊发热，恨不得即刻逃离这家餐馆。

第二天是周六，早晨我低着头走出房间，低着头吃早餐，自始至终都没敢看妈妈的脸色。好不容易吃完早餐，就在我低着头准备出门的时候，妈妈对我说："你们学生真敢花钱，昨晚一顿饭吃了一千三百多元，你以后还是少参加同学的饭局，我们湘菜馆从来不洗蔬菜的。"我站在门口，转回头来对妈妈说："北京城里有那么多餐馆，你难道就不能换一家干吗？"妈妈有些生气，把碗筷拍得山响，冲着我嚷嚷道："我打工赚钱供你上学，你嫌妈妈端盘子给你丢人了？怕你觉得尴尬，我都没有上前跟你说话,你倒好,还怪罪我……"

姥姥果然没有让我失望,她从厨房里走出来"补刀",说如果不是妈妈在餐馆打工,一家人都要睡大街上。我忍不住反驳说:"我可以住校,你们俩尽可以回青岛。"说完,我便推开房门,从两个女人的唠叨声中逃离。

5

我读大三的时候,便有同学开始接戏。我们班班花薛紫涵已经上过一部电视剧和两部网剧,都是女二号或女三号的重要角色,她是我们班最火的一个。大概出于嫉妒,同学之间开始流传关于薛紫涵的八卦,说她跟某制片人上床,所以才会片约不断。还有人说,这个时代资本才是王道,只有财大气粗才能从孔雀群里脱颖而出成为凤凰。薛紫涵就是我们表演班的凤凰,一只年少得意的凤凰,同学们都想跟凤凰搞好关系,期待着她能带着自己上戏。某天,薛紫涵果真带来一个好消息,说是她即将出演的一部电视剧招聘女三号,她跟演员副导演打好招呼了,下午专门面试班里的女同学。于是,众孔雀赶紧洗头、化妆、挑衣服,然后再去打印简历,准备下午前去面试。下午,同学们刚要结伴出校门,便遇到了郭思璐。郭思璐说她上午出去办事,就近去面试了,结果发现剧组已经内定了女三号,害得她大老远白跑一趟。众孔雀闻听,顿时泄了气,蔫头耷脑地回到教室继续上课。晚上,从剧组回到学校的薛紫涵大发脾气,说是她为同学们争取到机会,同学们却放了演员副导演

　　　　　·总有春光堪回首·

的鸽子。同学们解释说，是听郭思璐回来说剧组内定了女三号，大家才没去的。薛紫涵顿觉脸上无光，她问郭思璐在哪儿。我说，郭思璐家里有事儿，下午请假回家了。一周后，薛紫涵所在的剧组开机，郭思璐成了那部戏的女三号。直到这个时候，孔雀们才恍然大悟，惊呼江湖套路深。

　　大三的下半学期，我们宿舍里发生了一起失窃事件，顿时把宿舍里的六个女生全都裹挟进来。其实，自从大二开始，薛紫涵就很少住校，她说自己在外面租房住。学校规定学生必须住校，每天晚上都有值班老师查夜。薛紫涵因为经常上戏，学校便对她网开一面。有天晚上，薛紫涵盛装走进宿舍，说是刚刚参加完一个影视圈大咖的聚会。作为女生，我们心里都很清楚，薛紫涵之所以今天跑回宿舍睡觉，目的就是向我们这些孔雀炫耀，并接受孔雀们的追捧。那天晚上，薛紫涵到其他女生宿舍挨个儿显摆完了，直到后半夜才回来卸妆洗漱。第二天早晨，薛紫涵突然尖叫起来，说她价值三十万元的钻戒不见了。在同学中已经成名成腕儿的薛紫涵自带一股威严，她把宿舍门关上，用半带威胁的口吻说，这枚钻戒是一个重要的大人物送她的，如果找不到的话，她不会善罢甘休。郭思璐与薛紫涵的关系最为亲密，她在一旁帮腔道，钻戒肯定还在这间宿舍里，如果没有人主动交出钻戒，那就只能搜每个人的橱柜箱子了。为了摆脱嫌疑，我们余下的四个女生只能交出钥匙，任凭薛紫涵和郭思璐搜查我们的私人物品。折腾了两个多钟头，我们四个女生的私人物品被翻了个底儿朝天，仍旧没有找到薛紫涵的钻戒。在搜查过程中，我的私人物品是最少的，可是薛紫涵和郭思璐却用了最长的时间来搜查。她们俩把我每一件衣服的口袋都翻过来检查，甚至把我胸罩的夹层也掏了出来。郭思璐用不屑的口吻讥讽说，居然用这么厚的垫子。对此，我很是气愤，低着头嗫嚅道："如果钻戒真的在这间宿舍里，只有郭思璐的橱柜没有搜查，谁敢保证不是她做的手脚？"

众人的目光一起转向郭思璐，她的脸瞬间涨得通红。薛紫涵对她说道："为了避嫌，你也把橱柜打开吧。"郭思璐一直都以薛紫涵最亲近的闺密自居，此刻，听见薛紫涵要搜她的物品，顿感颜面扫地。她狠狠地瞪了我一眼，很不情愿地打开橱柜，让薛紫涵搜查。钻戒的确在我们宿舍里，但不是在郭思璐的橱柜里，而是在下水道里。没错！是我干的。早晨我进卫生间的时候，看到薛紫涵落在洗漱台上的钻戒，我坐在马桶上犹豫了五分钟，直到有人敲门催我，我站起身来，把那枚钻戒扔进了洗手盆的下水管。我这样干的理由有两个，一是薛紫涵经常嘲讽我是"无产阶级"，二是她在湘菜馆对我妈妈说过更难听的话。

整个宿舍被细细地翻找了一遍，仍旧没有发现钻戒的踪影。薛紫涵赤裸裸地威胁道："看在我们是同学的分儿上，我不想把事情搞大，但是你们非跟我过不去，我只能选择报警。"说罢，薛紫涵的眼神扫过我们五个人，她见我们没有动静，便拨打了110报警电话。听说是价值三十万元的钻戒偷窃案，警方挺重视，不多时宿舍便呼啦啦拥进七八个警察。接下来，警察找我们每个人分别谈话。大家都没有偷钻戒，心里很是坦荡，

·总有春光堪回首·

谈话很快结束。三名留在宿舍里勘查现场的警察，没多久便在下水管的 U 形管处发现了钻戒，一场闹剧就此收场。一位警官当着宿舍全体女生的面，把钻戒还给薛紫涵，并用戏谑的口吻说道："你们不愧是演员，一枚价值几百元的莫桑石戒指搞出了三十万元的大场面。"

6

周末是我最难熬的时刻，因为我要回去面对两个老女人的唠叨。姥姥和妈妈，这两个女人是我最亲近的亲人，同时也是我最厌恶的女人。我对她们的厌恶程度甚至超过对薛紫涵和郭思璐的，因为薛紫涵和郭思璐只是招我恨，而姥姥和妈妈让我绝望到想轻生。但是，姥姥和妈妈又是可怜的，她们对我的付出无私且忘我，无私到眼里只有我，忘我到可以作践自己。妈妈很早就转行送外卖了，也许是担心在餐馆打工再遇见我和我的同学，那样的尴尬令人窒息。最近，网上总有新闻说某某外卖员因劳累过度猝死，我有些担心妈妈，她用一单单外卖供养着我"轻奢"的求学生活。可"轻奢"不是我的本意，是妈妈非要把我送进这个奢靡的圈子。我绝大多数同学的家庭非富即贵，所以他们才能上辅导班、请家教、给老师送钱。若论家庭状况，如果说生活是一片大海的话，那么我只适合乘坐一条小舢板，去附近的海岛上兜兜转转。妈妈的野心是被她的虚荣心撑大的，她非把我送上演艺圈这条大船，结果只是为了一张船票就卖了我们家的房子。船上都是体面人，容不得一个乞丐混在其中。所以，我必须像个体面人一样装扮自己，而保全我的体面的办法只能是妈妈起早贪黑地不停接单。我并非不体谅妈妈和姥姥，为了让我出人头地，她们几乎倾尽所有。大二之后，同学们纷纷出镜，即使不能像薛紫涵那样拍剧拍电影，至少也拍过广告，做过平面模特儿，多多少少算个收入。我的同学大都不计较酬劳，只要能够上镜，因为他们有强大的家庭做后盾。据说李伯言"家里有矿"，每一次出镜的酬劳他都会转送给副导演。因此，班上除了薛紫涵，就数李伯言出镜最多。我不一样，我争取上戏就是为了赚钱，以便帮助妈妈和姥姥减轻生活压力。可我越是计较酬劳，便越是接不到戏，甚至连做平面模特儿的机会也没有。最近，班上有两个女同学开始做直播，貌似收入还不错，因为这两个女同学的家庭状况跟我差不多。"差不多"是我目测评估得出的结论，因为同学们对这个事情很是敏感。家庭经济条件好的同学会不自觉地炫耀，平日里在吃喝穿戴方面花钱如流水，一眼就能看出来。经济状况不好的同学也会竭尽全力置办一两件名牌服装，但是大都忌讳谈论自己的家庭。就像我，至今没有同学知道我妈妈在北京送外卖，曾经在湘菜馆打过工，还把菜汤溅到了薛紫涵的名牌风衣上。

初秋的一个傍晚，在从食堂回寝室的路上，一个留长发的中年油腻男人拦住了我。他自称导演，叫刘哲，正在筹拍一部玄幻网剧，说我很适合其中的一个角色。听说有戏拍，我禁不住兴奋起来，再看眼前的中年男人，感觉已经不像刚才那般油腻了。刘导说剧组在北七家那边一家酒店里，问我愿不愿意现

·总有春光堪回首·

在过去试一下镜。我忙不迭地答应着,问刘导我要不要回寝室换一件衣服。刘导上下打量着我,说剧组有古装,要换古装试镜。就在我犹豫的片刻,我看见薛紫涵和郭思璐从食堂走来,因为担心她们俩入了刘导的法眼,我赶紧答应去试镜。坐上刘导的普通轿车,我略感失望,北京的导演至少得是"BBA"这个级别才靠谱吧?车开到一家经济型酒店门口,刘导招呼我下车。经济型酒店也不奇怪,据说剧组住的都是很便宜的酒店。我跟在刘导身后,进了五楼一间客房,房间里还有两个男人,看上去神色有些诡异。刘导向我介绍说,这两个男人是剧组的摄像。留着小胡子的男人举起手机,笑着对我说:"我是主摄,他是副摄。"接着,主摄和副摄哈哈大笑起来,这笑声让我顿时紧张起来。刘导制止了两个人,让他们去拿戏服来。不一会儿,副摄拎来一个纸袋递给我,让我抓紧时间换衣服。刘导说,换好衣服叫他们一声,他们就在隔壁。说完,三个男人关上房门,走了出去。我的心越发忐忑起来,虽然没有进过剧组,但是我觉得这里丝毫没有剧组的样子,而且两个摄像看上去就不像是好人……我赶紧关好房门,掏出手机拨通李伯言的电话,把这里的情况向他简单描述了一下。李伯言说对方肯定是骗子,让我把定位和房间号发给他。李伯言叮嘱我说:"你假装配合一下,我立刻带兄弟们过去营救你。"

接下来的事情,果然如李伯言所料,三个男人露出流氓色相。他们先是敲门,问我换好衣服没有。我说,我还没有换衣服。他们问,为什么还不换衣服。我说,这件纱织衣服又薄又露又透,穿上会走光。刘导说:"这是剧情决定的,你作为一个演员,连这点儿牺牲精神都没有吗?"听我没有作声,刘导又催促道:"你抓紧时间,我们后面还有试镜的演员等着呢。"我说:"你们让其他演员先试镜吧,我再做会儿思想斗争。"刘导说:"那好吧,你先把门打开。"我迟疑着要不要开门,估计李伯言他们已经在路上了,我能多磨蹭一会儿是一会儿。此刻,敲门声又加剧了,震得我心脏跟着敲门声一起跳动。实在推托不过,我才走过去,把房门打开。刘导和主摄像、副摄像三个人拥进门来,脸上都挂满不耐烦的神色。刘导收起先前油腻的笑容,蛮横地训斥道:"你这是在耍我们,这样的性格不适合做演员,只配去做'小姐'。"主摄像抓起床上的纱衣,甩在我的脸上,让我现在即刻换衣服。副摄像打开手机,好像已经开始拍摄。我从未遇见过这样的情形,心里害怕极了,恨不得像只海葵一样蜷缩起来。我也清楚,我越是害怕退缩,对方就越是肆无忌惮。我强作镇静,举起手机来,对他们三个人说:"你们要是敢胡来,我就打 110 报警。"我的话音刚落,主摄像一把夺去我的手机,并把我推倒在床上。我终于忍不住了,眼泪涌出眼眶那一刻,我禁不住放声大哭起来。我用双手捂住眼睛,最终,我还是像海葵一样,选择了蜷缩。我的哭喊声没有招来怜悯,我感觉到有人开始撕扯我的衣服,我腾出一只手来,紧紧护住我的胸口。此时的我,已经觉得浑身乏力,心里只能祈祷李伯言快点儿到来……

我的这个念头还未从心头落下,便听到一声巨响,应该是

158

房门被大力撞击开的声音。我睁开眼,果然看到李伯言带着一群男同学冲进房间。天哪!此时这群男同学真像是我的亲人,包括我平时不待见的焦勃。同学们不由分说,对着房间里的三个男人一顿拳打脚踢,打到三个人跪地求饶。在拳来腿往中,我吃惊地发现焦勃居然文身了,两条胳膊上文着两条青黑色的龙。李伯言伸出手,制止了出手最狠的焦勃,指着床上衣衫不整的我对刘导三人说:"这是我的女朋友,你们说吧,今天这件事情如何了断。"刘导擦了擦嘴角的血,问李伯言:"你说怎么了断?"李伯言说:"公了,现在就打电话报警,把你们交给警察处理;私了,你给我女朋友赔偿二十万元精神损失费。"刘导忙不迭地说:"私了私了,但是我们身上没那么多钱。"李伯言掏出手机,对刘导说:"扫我的收款码。"最后,经过一番讨价还价,刘导支付了五万元。

那个周末,我请男同学们去酒吧,一晚上花掉了两万多元。这个情形如果让我妈妈看到,她一定会认为我疯了。

7

我们班的毕业作品是一部四幕话剧《多余的人》,故事讲述一对情侣大学毕业后准备结婚,女一突然告诉男一自己喜欢上了一位高富帅,准备跟随高富帅移民美国。男一痛苦万分,但是为了成全女一,他还是支持女一的选择,因为女一一直想出国深造,而他没有能力帮助女一完成梦想。女一离开后,男一痛不欲生,工作生活搞得一团糟,精神也陷于抑郁。此刻,女二来到男一身边,而女二曾经与女一是闺密,也是男一的大学同学,三个人大学期间是最要好的朋友。接下来的情节便是女二帮助男一走出阴霾,半年后,男一和女二步入婚姻殿堂。一年后,女二已经怀孕。某日,女二打来电话,让男一到医院去一趟。男一赶到医院时,发现女一到了弥留之际。原来,女一压根儿就没有去美国,她在得知自己罹患癌症时,不得不动员闺密女二,让她帮助男一渡过情关……

　　按照话剧排演规律,所有角色都有 AB 两个人选。薛紫涵担纲女一 A,郭思璐则是女一 B;李伯言出演男一 A,焦勃是男一 B。而我幸运地得到女二 A 的角色,其他同学各司其职出演不同角色。彩排到紧要关头时,一个爆炸性消息传来:某豪车品牌准备在中国建厂,需要拍摄一条纯中国风格的广告,希望找到一个清纯的中国女性来代言。厂商甚至连广告脚本都已公布出来:一中国女子从总裁手里接过车钥匙,豪车以无人驾驶模式行驶在美国的西海岸,该女子在途中要弹奏琵琶……

　　为此,我们表演系的女生全拼了,薛紫涵甚至花费巨资请来知名发型师。我对这次选拔也是跃跃欲试,足足用了半天时间为自己化妆,其间还改了一次妆容。选角之日,国戏大院里流光溢彩、香艳夺目。而命运之神这次垂青了郭思璐,大概是她那张高颧骨的脸更符合西方人的审美吧。薛紫涵虽然没有被选中,但是也被列为一号备选。毕业大戏中,郭思璐是薛紫涵的备选,而在这次国际广告的拍摄中,薛紫涵却成了郭思璐的备选。能够入世界一流大公司的法眼,而且是一条面向全球

· 总有春光堪回首 ·

发布的广告,郭思璐很是兴奋。接下来,郭思璐开始办理签证,因为这条广告需要去美国拍摄。可办理签证出现了麻烦,美国大使馆以有移民倾向为由拒签了郭思璐的第一次申请。由于这次拒签,再次前往美国拍广告的时间与我们的毕业演出起了冲突。郭思璐前去请假,学校领导不予批准,并明确表示,没有毕业作品将不准毕业。前些天还志得意满的郭思璐顿时泄了气,看谁都不顺眼,甚至还跟闺密薛紫涵怄气。薛紫涵倒是很大度,不仅不与之计较,还苦口婆心劝慰郭思璐,并且动员全寝室女生游说郭思璐。游说内容大概就是要以艺术为重,一条十秒钟的商业广告怎能抵得上一部国戏史上最重要的毕业话剧的分量?不管是为了前途还是为了艺术,她都应该拒绝这次广告拍摄。

种种压力之下,郭思璐妥协了,她拒绝了这次国际广告拍摄的邀约,开始投身毕业话剧排练。就在《多余的人》最后一次带妆彩排时,薛紫涵却突然失踪了,学校最后不得不报警。警方经过调查发现,薛紫涵已经于前日出境,飞赴美国。接下来的事情尽人皆知,薛紫涵代替郭思璐接下了广告。广告播出的那天,正巧赶上学校发放毕业证书,薛紫涵因为没有参加毕业大戏演出,没有拿到毕业证。当然,薛紫涵也没有来领取毕业证,大概在她决定接广告的时候,就放弃了毕业证。

表演系的分手饭吃得有些压抑,因为大家不知道该如何安慰郭思璐,也不知道该怎么评判薛紫涵,只能云山雾罩地说一些"苟富贵,勿相忘"之类不着边际的话。四年的学习生涯让我大开眼界，也让我大失所望。我觉得，时光就像一块抹布，只会越用越脏，我原先以为抹布能擦掉灰尘，其实，它只是把经过的地方沾染上了它本身固有的脏。我还觉得，旗鼓相当的人很难成为朋友，因为大多数人只肯帮助远不如自己的人，或者去巴结远比自己强大的人。想来也是，同处起跑线的人，又有谁会舍弃自己的前途为竞争者助力呢？

分手饭吃到最后，男同学们开始表演醉酒，对着心仪的女生说疯话。焦勃甚至脱光上衣，露出健美的肌肉，单腿跪在郭思璐面前，说是等他成为影帝就会迎娶她。郭思璐也被焦勃逗笑了，她为自己的无名指戴上一枚易拉罐铁环，说她已经答应焦勃的求婚了。男同学们在北七家营救我的那天晚上，我看到焦勃裸露的文身，还为他这身肌肉可惜，谁知道那是化妆班的同学给焦勃贴的文身贴，意在扮黑社会吓唬那三个骗子。在那次营救行动中，李伯言还当着众人的面说我是他的女朋友。我知道这是恐吓那三个骗子的戏言，但我听着心里还是觉得蛮甜蜜的。我不排斥做李伯言的女朋友，不仅不排斥，我还在心里殷切期待了许久。但那次营救行动过后，李伯言对我再也没有任何表示。我想李伯言心里也许从未想过这件事，他当时只是逢场作戏。

同学们大都喝多了酒，最终还是有人把话题引到了薛紫涵身上。李伯言感慨道，现实远比戏剧丰满，这才是真正的毕业大戏。这样的结果，是薛紫涵早已预见的。我不知道薛紫涵挣扎了多久才做出这个选择，我想如果换作是我，没准儿也会做同样的选择,因为我比薛紫涵多了一层生存需求。所以,我没有指责薛紫涵,而且我觉得以后也不能随便指责一个人,因为我们永远不知道另外一个人经历了什么。

8

临近毕业那段时间,我问妈妈:"我马上毕业了,你们什么时候回青岛?"妈妈说不着急,等我接到戏,找到工作,能够养活自己的时候,她们就回青岛。我说:"有很多人毕业三五年都接不到戏,甚至有些人一辈子都拍不上戏,难道你们要在北京陪我一辈子吗?"

因为有了北七家那次不顺心的经历,我对于所谓上戏的机会又多了几分谨慎。于是,在整个大四的实习期里,我没有接到过任何戏,哪怕是个跑龙套的角色。无数次,我梦见自己进了剧组,还成了驻组演员,但我总是把事情搞砸,不是忘了化妆就是穿错了服装。有好几回,我都是从梦中被吓醒的,醒来之后我还能感受到自己的尴尬。看来,我的演艺之路注定不会一帆风顺。

在没有戏拍也不用上课的日子,我只能漫无目的地在街上溜达。从琉璃厂的古玩店到西四的胡同,从使馆区的咖啡店到三里屯的酒吧,这些地方的摄像头都曾捕捉过我无所事事的身影。端午节那天,我正在街上闲逛,突然看到我的姥姥,她身着环卫工人的红黄马甲正在低头扫马路。天哪!我妈妈在送外卖,我姥姥在扫大街!即便是我将来成名成腕儿了,这两件事情如果被传出去,我在演艺界还怎么混啊!

我怔怔地立在原地,在距离我姥姥二十多米远的一棵杨树后面。姥姥往前清扫一段,再回来推着车往前走一段。她佝偻着腰身,每个动作都处于慢放模式,不再像她在厨房里那般淡定自若,更不像唠叨数落我时那般居高临下。泪水模糊了我的眼睛,透过蒙眬泪眼看着姥姥越走越远,我竟没有勇气上前问候她一声。时常听姥姥说起她在寺庙做义工的事儿,原来她每天起早贪黑出门是在扫大街。大概是妈妈送外卖支撑不了三个人的生活,姥姥才来扫大街的。平日里,我只听到她们唠叨物价贵、房租贵,但从未问过每个月的花销是多少……其实,我知道妈妈和姥姥很辛苦,但是她们同属于情商较低的那种人,她们用唠叨抵消了付出的辛苦,还让我心生厌恶。

就在此刻,我的手机铃声响起,是李伯言打来的电话。他说帮我找到了一个上戏的机会,导演已经答应见我。李伯言补充道,今天晚上导演和投资方有一个饭局,导演让我过去参加饭局。既然是同学介绍的,肯定是靠谱的事儿,我想都没想便一口答应下来。挂了电话,我急忙往家里赶,因为我要洗澡、化妆、换衣服。我在心里暗暗祈祷着,一定要得到这个上戏的机会,那样的话,妈妈和姥姥就可以从辛苦的生活中解脱出来,她们也能安心回青岛了。

饭局安排在烤鸭店,一大桌子坐满十几个人,我只认识李伯言一个。李伯言隆重推介了我,并介绍我认识了导演蔡华,一位文质彬彬的学院派导演。李伯言介绍投资方潘总的时候,站起一位矮胖的中年男人。他费力地转动着他粗短的脖子，同我握手的时候居然用手指在我的掌心里挠了几下，让我顿觉恶心。在座的还有几位年轻漂亮的女孩，我猜应该也是四处寻找上戏机会的小演员。有漂亮女孩的饭局总是很热闹，大家不停地离席去给蔡导和潘总敬酒，还要说一些肉麻恭维的话。坐在我身边的李伯言碰了碰我的胳膊，让我过去敬酒。我趴在李伯言耳边，小声控诉了潘总刚才的小动作。李伯言说："小地方来的土鳖，调情手段就这么低级。你捏着鼻子忍着恶心过去多敬几杯酒，帮着蔡导拿下这个投资，以后就不愁没戏拍了。"我深知这个机会难得，尤其是我这种没有任何资历的素人，抓住了机会就等于把控了命运。依照李伯言的指点，我陪着矮胖粗短的潘总干了六杯茅台酒，并把恭维他的话说到自己都脸红了。潘总对我似乎颇有兴趣，握着我的手不肯松开，只是这回没再挠我的掌心。茅台酒喝到第五杯的时候，潘总踮起脚尖，附在我的耳旁，嘴唇几乎触碰到我的耳郭，低声说道："用什么演员，导演说了不算，投资方才有决定权。"我明白潘总的意思，于是，我又给他斟满第六杯酒。端起酒杯，潘总大声说道："贝贝长得很像我的初恋女友，我想跟贝贝喝交杯酒，大家觉得怎么样？"除了那几位漂亮女孩外，在座的其他人一起鼓掌称好。于是，我忍着更强烈的恶心，跟潘总喝了交杯酒。我见过很多在饭局上要求喝交杯酒的男人，我猜测这种男人很擅长意淫，就像我眼前的潘总。在众人的欢呼声中，潘总再次踮起脚尖，小声对我说："一会儿饭局结束了，去我的私人会所唱会儿歌。"我想有这么多女孩做伴儿，就算是去私人会所应该也没有大问题。我没有拒绝潘总的勇气，就算我恶心到想去洗手间呕吐，就像我三年前在湘菜馆里没有勇气认我的妈妈，就像我今天下午在大街上没有勇气叫一声姥姥……我忍住眼里的泪水，冲着潘总点了点头。

在烤鸭店门口，参加饭局的人相互道别，这时我才知道，潘总只邀请了我一个人去他的私人会所唱歌。在这一瞬间，我的脑海里蹦出无数个"不"字，因为我清楚今天晚上会发生什么。我的这个"不"字一旦说出口，就等于我拒绝了这个机会，这一点我心里也很清楚。不行！我实在说服不了自己，何况这还是在李伯言知情的情况下，如果仅仅是逢场作戏搞暧昧，我还能应付。就在我内心千回百转的时候，一辆越野车开到我面前。潘总伸出手为我拉开后车门，又用他肥胖的小手做了一个请上车的手势。还没等我将拒绝的话说出口，李伯言走过来拍拍我的肩膀，轻松且认真地叮嘱道："陪着潘总好好唱歌，唱得开心哟。"

望着李伯言转身离去的背影，一时间我心中竟然涌起一股纷繁复杂的情绪，其中包含着失望、委屈、悲愤、孤独、无助……我不再想那么多了，在我钻进越野车的同时，我用手擦去了脸上的泪水。潘总随后跟着钻进车，越野车随即开上了路。潘总打了一个响亮的饱嗝，握住我的手说道："贝贝放心好了，今天晚上只要让我开心，这个戏的女二号就是你。"我麻木地回道："谢谢潘总。"我的话音刚落，潘总就把他硕大的脑袋凑过

　　　　　　　　　· 总有春光堪回首 ·

来要亲我。就在这时,越野车突然一个急刹车,我和潘总的身体同时前倾,我不得不扶住前排座椅后背,才让身体找到平衡。潘总生气地骂道:"你这个代驾会不会开车,当心我投诉你!"代驾司机没有吱声,继续往前开车,平稳地驶上了西直门立交桥。潘总再次回过头来,对我说道:"一般人进不了我的私人会所,一会儿到了那里你就知道了,知道什么叫作奢华,什么叫作成功的人生。"见我没有反应,潘总又问道:"你现在有没有期待马上进入我的私人会所呢?"我说:"很期待,我更期待了解潘总成功的经历。"潘总哈哈大笑,伸手揽住我的脖子说道:"今天晚上要跟你分享的不仅仅是我成功的经历,还有你意想不到的惊喜呢。"顺着潘总胳膊上的力道,我倒进他的怀里。紧接着,我感觉到潘总的另一只手伸向我的胸口,我下意识地紧缩着肢体,但是没有用手去阻挡。突然,我感觉身体失重,紧接着一声沉闷的声响传来,我和潘总双双撞向前排座椅,我顿时感到一阵头晕目眩。眩晕中,我看见越野车旁停下一辆救护车,正闪烁着刺眼的蓝光……

钱芳

1

我承认,我骨子里有反叛精神。用爸爸的话说,我头上长有反骨。其实，反骨也好，反叛精神也罢，这些性格特征与我纤弱的身材恰好成反比，我的外表不仅不像女汉子，甚至还有几分林黛玉般的娇弱。然而，就是我这副"弱柳扶风"的腰身，却常常做"狮子吼"。

读初中三年级的时候，年轻气盛的英语老师以侮辱性语言训斥我的同桌屠志强，我便拍案而起，与英语老师据理力争。这件事情最后闹到校长那里，以英语老师向屠志强道歉结束。自此之后，屠志强成了我的死党，我成了英语老师眼里的"死人"，他再也没有跟我说过话，也不再批改我的英语作业。英语摸底考试的时候，刚刚开考十分钟，屠志强正在抄我的英语答卷，可英语老师居然以我作弊为由没收我的考卷，还在我的英语考卷上打了零分，并把我驱逐出教室。我站在教室外手足无措时，屠志强走出教室。我问他："你怎么也出来了？"屠志强笑着说："我主动要求英语考试得零分，出来跟你做伴儿。"随后，屠志强带着我去五金店买了一把钳子，回到学校停车处，把英语老师的摩托车上能看见的线和输油管全部剪断。后来，我和屠志强除了赔偿修理摩托车的全部费用外，每人还多了一个留校察看的处分。

读高中之后，我和屠志强便不在一个班上课了，但是我们俩还经常在一起玩儿，同学们都说我们俩在谈恋爱。我对恋爱这事儿似懂非懂，但心里清楚我喜欢跟屠志强待在一起。也许是到了青春期的缘故，我叛逆的节奏越发紧密，差不多每个星期都要折腾点儿事儿出来。只有我惹出事端，爸爸妈妈才会关注我,才会给我"擦屁股",不然他们俩只知道忙自己的工作。后来,我发现他们不纯粹是忙工作,即便是不忙工作的时候,他们也会忽略我的存在而沉浸在他们两个人的世界里。我爸爸是纺织厂厂长,在青岛也算是个有头有脸的人物,平时饭局应酬多,他几乎每回都带上我妈前往。于是,在这个家里,我一个人待着的时间很多,也很长。有时候,我会觉得我在这个家里显得多余。一想到自己是多余的,眼泪就会流下来,那一刻风过窗前,夜空中飘落下雪花。在这个孤独的冬夜,我会想起卖火柴的小女孩最后冻死在冰雪街头,我还会想起阴暗森林里失去庇护的白雪公主。不对,白雪公主身边还有七个温暖的小矮人,我的小矮人在哪里?是屠志强吗?

如果没有我,爸爸妈妈肯定活得比现在还要有滋有味,至少在他们俩出门的时候不用例行公事般地叮嘱我好好复习功课,也不用隔三岔五地跑到学校给我"擦屁股"。

高考前夕,看着那些被父母督促逼得喘不上气来的同学,我心里满是羡慕。高考是大事,也是人生的重要节点,而我的父母却在忙活纺织厂改制的事情。别看我整天惹事,我的学习成绩一直还不错,在高三年级里也算得上中上水平,只要运气不是太差,考不上好的大学,读二流大学还是有把握的。偏巧在这个时候,出现一起"黑天鹅"事件,就此改变了我的人生轨迹。

高三下半学期,我们班里来了一个插班生,名字叫余昊水。据说余昊水的爸爸是个当官的,这一点从以严厉著称的班主任对待他的和蔼态度上就能看出来。余昊水长得细皮嫩肉，刀条一样的鼻梁上还架着一副玳瑁眼镜，正是我讨厌的男生长相。可这个余昊水偏偏喜欢跟我搭讪，每天都会有意无意找我说话，说的也是一些我没兴趣的话题。余昊水跟我讲话，被前来找我的屠志强看见过好几回。屠志强也反复问过我，是不是喜欢余昊水。看到屠志强吃醋的样子，我心里顿觉甜蜜。为了让这份甜蜜感持久一些，我故意对屠志强模棱两可地说，谈不上特别喜欢，但是也不讨厌。青春期的孩子都有些古怪，而且言行不一致。我心里明明很讨厌余昊水，却对屠志强说我不讨厌他。

有一天中午，我正在去食堂吃饭的路上，余昊水追上来问我："你爸爸是不是在纺织厂当厂长？"我点点头，问余昊水："问我爸爸干吗？"余昊水笑了笑，接着问道："纺织厂是不是正在改制？"我又点了点头，很不友好地说："你打听这事儿干吗？"没等余昊水的话说出口，屠志强突然冒出来，对着余昊水的脸便猛击一拳。余昊水的玳瑁眼镜跌落在地上，鼻子嘴巴一起往外汩汩流血，鲜血在他白嫩的脸上显得有些刺眼。接下来，余昊水被送去医院，检查下来倒也无大碍。可屠志强却没有那么幸运，他在毕业前夕被学校开除，连参加高考的机会都失去了。出了这档子事之后，我很是自责，责怪自己没有对屠志强讲实话，导致他因嫉生恨。屠志强落到今天这个下场，我应该负多半责任。学校宣布开除屠志强的第三天，我也决定辍学，以这种极端方式彰显自己的仗义。我辍学一个月后，我

·总有春光堪回首·

的爸爸和妈妈才知晓此事。他们知晓此事越晚,我心里越是怨恨他们。爸爸大概是从学校了解到了我的情况,回到家里狠狠地训斥了我。那天晚上,我积攒已久的情绪也爆发了,甚至讥讽爸爸在纺织厂改制中出局是越混越差。这句话应该是戳到了爸爸的痛处,他怒吼一声,扇了我一记耳光。这是爸爸第一次动手打我,这一记耳光把我扇出家门,我随后便跟屠志强同居了。

在我住进屠志强家第二天,他告诉我一个信息,说余昊水的爸爸是发改委的副主任。屠志强还说,我爸爸纺织厂的改制就是发改委牵头搞的。

2

两个月没有来例假,我才知道自己怀孕了。我和屠志强都才二十岁出头,怎么会要孩子呢?屠志强说如果是个男孩就生下来,因为他们家三代单传,他妈妈也希望有孙子抱。我问过朋友,肚子里的孩子至少要五个月才能识别性别,而五个月的孩子只能做引产,对身体伤害比较大。我把这些顾虑告诉屠志强,他似乎也没有完全做好做父亲的心理准备,最终勉强同意我做人流手术。我们俩商量好第二天去市立医院做流产,因为屠志强的舅妈在市立医院妇产科当护士。主意已定,心情顿时明朗起来。屠志强说:"明天就要做流产手术,今天请你吃顿好的补补身体。"屠志强带我去了海天大酒店,中午吃了一顿五星级自助餐。我问屠志强:"你最近花钱大手大脚的,哪里来的钱?"因为没有找到工作,我们俩一直住在他家里,过着啃老的日子。屠志强最近整天在外面瞎忙叨,经常后半夜才回家,我问他干什么去了,他总说跟朋友们在一起做生意。我问他是什么朋友,做什么生意。他说是道上的朋友,都很有背景。至于做什么生意,屠志强不肯向我透露,这让我隐隐觉得不安。我不喜欢屠志强跟一些不三不四的人混在一起,但是我又希望他能够赚钱,赚到钱就可以出去租房子,不用在他们家看他妈妈的脸色。屠志强的妈妈很强势,在家里说一不二。屠志强的爸爸算是半个读书人,他去世得早,家里留下很多书,可屠志强和他妈妈都不读书。上个月,我帮屠志强的妈妈整理家务,她叫来一个收破烂儿的,要把屠志强爸爸的书全都当废纸卖掉。我有些于心不忍,想留下几本书给屠志强当个念想,便从中挑选出《简·爱》《飘》《傲慢与偏见》和《安娜·卡列尼娜》,因为我知道这些书都是世界名著。屠志强的妈妈把《安娜·卡列尼娜》从我手中夺回去,说这本书分量重,能多卖钱。

自助大餐还没有吃完,屠志强接到一个电话,脸色顿时严肃起来,跟对方说他马上赶过去。我对屠志强说,我支持他做生意赚钱,但是不要跟烂人混在一起,也不要做犯法的事情。屠志强对我很有耐心,但顾左右而言他,说等他赚到足够的钱,就跟我一起开夫妻店做生意。说完,屠志强在我的额头上亲吻了一口,便急匆匆地走了。没想到,这竟然是他给我的最后一吻。屠志强一夜未归。第二天一早醒来,我给他打电话,他的手机一直无人接听。到了中午时分,屠志强的电话打了进

172　　　　　　　　　　　　　　　　　· 总有春光堪回首 ·

来，而打电话的人竟然是警察，让我去医院的太平间一趟。我已经预感到了什么，那种感觉有些麻木，麻木到出租车司机问我去哪家医院，我想了半天才说去市立医院。屠志强的妈妈早已吓得浑身瘫软，在医院太平间门口看见警察，就放声号哭起来。屠志强身上被人捅了六刀，其中一刀刺中肝脏，失血过多导致休克性死亡。杀死屠志强的凶手没有找到，但是据警方说，屠志强的死亡涉黑涉毒。

　　料理完屠志强的后事，我才得知爸爸罹患绝症，而且已经去了北京治疗。接二连三的沉重打击，让我的神经变得越发麻木，我浑浑噩噩地过了一个星期，做了一个重大决定，我要把肚子里的孩子生下来。屠志强的妈妈得知这个决定后，抱着我号啕大哭，说我是个活菩萨。前几天，在屠志强刚刚离世的时候，她还话里话外骂我是扫帚星。从扫帚星到活菩萨，才过了一个礼拜的时间，这是跨越式涅槃吗？

　　涅槃后第二天，我便去了北京。爸爸忽略了我的成长，我却不想缺席送别爸爸。我收拾好自己的物品离开屠志强家的时候，我知道自己再也不会回来了。我把《简·爱》《飘》《傲慢与偏见》三本书一起带走，因为留下来也会被屠志强的妈妈当废品卖掉。

3

　　爸爸去世二十一天后，我的女儿出生了，我给她取名叫贝贝。当医生告诉我生下的是女儿时，我心里极度失望。我执意要生下这个遗腹子,就是想生个儿子,给屠志强留下个传宗接代的根儿。母以子为贵,青岛人很看重生儿子。小时候,爸爸妈妈听见谁家生了儿子,脸上就露出一副羡慕的神色。屠志强的妈妈听说我生了个女儿,脸色比刚出生的女儿的还难看,她转身离开医院再也没有出现过。我想我在屠志强妈妈那里又从活菩萨变回了扫帚星。那一刻,我非但没有难过,我的倔脾气反而被激起。女儿怎么了?女儿就该死吗?大家不都是女人吗?我暗下决心,一定要把女儿培养得出人头地,让屠志强的妈妈后悔一辈子。在我怀孕期间,我把从屠志强家带走的三本书读完了。斯嘉丽使我有勇气独自把孩子养大,可伊丽莎白和简·爱又让我的女性意识开始觉醒,让我觉得最初要生下这个孩子的决定太草率了:付出这么多,仅仅是为一个男人传宗接代。作为男人天敌存在的女人,不仅要时刻提防来自男人的伤害,还要为男人传宗接代的执念奉献子宫。当然,也有不以子宫论英雄的雄性,例如我爸爸,即便妈妈生下了我,他还是深爱着妈妈,没有觉得"皇位"旁落他人。自从爸爸去世后,妈妈眼睛里的光泽变了,以前自信、犀利、无所畏惧的光变暗淡了,最后暗淡成柔和的、不再伤人的、略带讨好的光。就像一头年迈并伤残的母狮,在失去狮王庇护后,生怕被狮群遗弃,不得不对其他狮子温柔以待。

全新生活就这样开始了,我把懊悔埋进心底深渊,像斯嘉丽一样扛起生活的全部重担。我用母乳喂养贝贝一年后,便给她断了奶,因为我要挣钱养家。我没有人脉,家里也没有后台,赚钱谈何容易？我甚至想去批发一点儿女性发饰，在路边摆个地摊。城阳有很多韩国人开的工厂，生产发饰，据说在大商场里卖得很贵。我不想去大商场里租赁柜台，一是租赁费贵，二是担心被同学们看到。说起同学，我忽然想起了小金，他是我的高中同学。在我们读书的时候，小金就开始倒腾小买卖，做黄牛倒卖足球票，批发假鞋卖给同学。小金没考上大学，高中一毕业就买了一辆出租车，算是我们同学里的有钱人。小金约我在昌乐路一家馄饨馆里见面，他说这里是他跟朋友交接班的地方。原来，小金和一个朋友合伙开出租车，一人白天开，一人晚上开。小金说出租车的管理费太贵，一个人开等于给出租公司打工，挣不着钱。我们俩正说着话，小金的合伙人来了，说他爸爸给他在制药厂找了一份工作，他下个月就要去厂里上班，不能再跑出租车了。我对小金说："我去考个驾照跟你合伙跑出租车吧。"小金说："开出租车很辛苦，女人撑不下来的。"我说："从今天开始，你就拿我当男人吧。"

两个月后，我拿到了驾驶执照，开上了出租车。我白天开，小金晚上开。刚刚学会开车，还挺上瘾的，我一天可以开十四个小时。一个月下来，刨去管理费和加油费，赚了三千多元，交房租和买奶粉足够。早前为给爸爸治病，我们把原先的房子卖了，一家三口一直住在小姨家的房子里。虽说那是妈妈的亲妹妹，但是我们也不能长期白住人家的房子。按照市场上的租房价格，我每个月给小姨交一千元的租金。小姨不肯收，争来让去半天，最后，小姨答应每个月收八百元。

贝贝完全交由我妈妈看管,很多时候,我交班回到家,贝贝已经睡了。早晨,贝贝还没有醒来,我已经出门去接小金的班了。有一回,贝贝半夜醒来喝奶,我抱起她喂奶的时候,贝贝哭个不停,直到我妈妈接过去,她才止住哭声。妈妈无奈地苦笑道:"贝贝已经不认得你,拿你当生人了。"听妈妈这样说,我有些心酸,可是生活所迫,我只能接受现实。

4

诚如小金所言,开出租车是个辛苦活儿,最初的驾驶乐趣很快被日复一日的劳累消磨殆尽。小金还说过,拉的客人多了,什么奇葩货色都会遇到。果然,我遇见过耍赖拒付车费的,还遇见过两口子在我的车里打架打碎车窗玻璃的。最让我生气的,是我经常遇见对我打歪主意的男乘客。有一天下午三点多钟,我在闽江路拉上一位醉醺醺的中年男乘客。中年男人上车后,就开始吹嘘他是某某局的科长,管得着我们出租车。我说我遵纪守法,他们管不到我的头上。中年男人看了一眼副驾驶台上的登记信息,信息全都是小金的。中年男人说:"车人不符,我就可以扣留你的车。"我强压着火气说:"出租车的份子钱太高了,一个人跑车等于给出租车公司打工,连自己都养活不了。"中年男人说:"份子钱高低我管不着,车人不符我管得着,你把车停下。"我把车停靠在路边,扭头看着中年男人,等着他的下文。中年男人的脸被酒精刺激成了猪肝色,他堆起一脸猪肝色的不怀好意,把脑袋凑过来说道:"你也可以陪我玩

·总有春光堪回首·

儿一玩儿,咱们就算是朋友了,以后我也会罩着你。"我的右手握紧变速杆,像是要抽出一把利剑,劈开眼前这张猪肝色的丑脸。我听小金说过,出租车违反管理条例会被扣留一个星期,一个月等于白忙活。

我耐着性子不敢发作,问中年男人:"怎么玩儿?"中年男人指了指车后座,说:"现在流行'车震',我们到后面玩儿'车震'吧。"我既悲愤又心酸,我想我无论如何都不可能做出这种事情来,可我一时间又不知道该如何摆脱眼前这个流氓。就在此刻,我的手机响了,是小金打来的电话。我看着副驾驶座位上的中年男人,含混不清地对小金叙述着遭遇,说有人查到我车人不符。小金很是机灵,他从我吞吞吐吐的言辞里猜测到我的境遇。小金压低声音说道:"我现在问你问题,你只回答是或不是。"小金问道:"对方现在坐在你的车里,只有一个人,是不是?"我说,是的。小金接着问道:"对方没有穿制服,是不是?"我说,是的。小金又问道:"对方喝酒了,想耍流氓是不是?"我回道,是的。小金说:"你不要慌乱,在驾驶座下面有一个微型录音机,你说你刚才已经录音了,现在就开车去纪委举报他。"挂了电话,我伸手果然摸到了座位下面的微型录音机。按照小金的指点,我掏出录音机,对中年男人说道:"我把我们俩的对话全程录音了,现在去你们单位还是去纪委?"中年男人愣怔片刻,脸上的猪肝色变成绛紫色,泛着愤怒且惶恐的光。接着,中年男人眼中戾气闪烁,劈手便来抢夺我的录音机。幸亏有小金提前叮嘱,我早已打开车门,并闪身蹿出车外,高高举着录音机对着路边的行人高声叫嚷道:"歹徒抢劫出租车啦!"

中年男人随即下车,快步绕过出租车,用绵软的声调央求道:"求你了,是我错了,你把录音带给我,我付钱,你要多少都行。"我说:"可以给你录音带,我也不要钱,我们跑出租车的不容易,你以后别找我们麻烦就行。"

中年男人乖顺地点点头,伸出两只手来,做乞求状。我把录音带取出来,在交给中年男人前,按照小金的指点,我对他说:"你拿着录音带立刻走人,不许回头看我的车。你只要回头,我立刻打110报警。就算你拿走我的证据,单位也会追究公职人员中午喝酒的事儿。"中年男人尿到了极点,他接过录音带,头也不回径直往前走去,一边走一边撕扯出录音带里的磁带条,一直走到下个路口拐弯处,再也没了他的身影。我长吁一口气,瘫坐回驾驶座,把出租车拐向另一个岔路口。接下来,我没再拉活儿,而是把车开到大麦岛的海边,趴在方向盘上,一直哭到天黑。

其实,这次经历不算什么,接下来的遭遇,才是更倒霉的。

那一天,上午我刚刚出车就接到一个大活儿:三个年轻小伙子雇车去临沂。小金叮嘱过我,尽量不要接外地的活儿,女人开出租车出市区不安全。我看三个年轻人面相还算和善,其中一个文质彬彬戴着眼镜,我便放松了警惕。因为是长途活儿,我们议价,总计九百元,先预付五百元,到达目的地后再付四百元。谈妥之后,我们一行四人上了路。路上,我给小金打了

　　　　　　　　·总有春光堪回首·

电话,说是接了一单去临沂的活儿,晚上很晚才能回来。小金问我拉的是什么人,我说都是好人,让小金放心。

时值初秋,高速公路两边的杨树叶渐渐泛黄,火炬树则早已火红如染。我驾驶着绿色的出租车,在红黄相间的幔帐里一路穿行向前。车厢里,眼镜男和留小平头的男子一路上都在跟我说笑,天南海北地瞎扯。另外一个男子偏胖,年龄也稍大,看上去三十岁出头的样子,只有他面色凝重,几乎不参与我们的话题。坐在副驾驶座位上的眼镜男,不时地回头看一眼胖子男,让他讲个笑话。胖子男哼唧半天,说他不会讲笑话,只会讲黄段子。眼镜男和小平头立刻起哄,让他讲黄段子。

旅途上的光阴,就在这样的闲扯中悄然流逝。中午时分,我们在高速公路休息站一人吃了一碗泡面。因为考虑到他们是我服务的客人,我为他们三个人的泡面买了单,包括每人两个卤蛋和一根香肠。吃完午餐继续上路,我们于下午四点整赶到临沂。偏巧这三个人不住市里,而是住在距离市区较远的山里。等我把三人送到目的地,天色已经擦黑。在一条僻静的山路上,眼镜男让我停下车。我问道:"到地方了吗?"我问完之后,三个人全都默不作声。眼镜男突然伸出手,关掉出租车引擎,并拔出钥匙扔出车窗。然后,三个男人推开车门撒腿就跑,把我一个人独自扔在荒山野岭中。当然,他们没有给我付车费。

5

贝贝长得漂亮又可爱,精致的五官像是玉雕出来的,还有象牙一样的皮肤，简直是一个水灵的小仙女，人人见了都喜欢。贝贝从小就显露出表演天赋，小学五年级参加学校的话剧演出，在《白雪公主与七个小矮人》中扮演白雪公主，赢得全校师生一致好评。那一年的暑假演出季，贝贝像一颗冉冉升起的童星，不间断地出现在青岛当地的电台、电视台和报纸上。没错，贝贝就是我们家最亮的那颗星星。

　　俗话说得好，台上一分钟，台下十年功。这些年来，姥姥带着贝贝满青岛跑，参加了吹拉弹唱、舞蹈、朗读等各种才艺表演辅导班。与各种文化课的辅导班相比，才艺表演辅导班的价格几乎贵出一倍。进入这个圈子我才知道，穷人家很难培养出演艺人才，因为承担不起基础的培训费用。

　　随着贝贝的培训费用越来越高，开出租车赚来的钱渐渐入不敷出。迫不得已，我加入了黑出租车的行列。走出这一步，也是小金帮我下的决心。他说，正规出租车司机每天累死累活都在为出租车公司扛活儿。可对于跑黑出租车，我心里没有底，我觉得这不是一条正路。我还在犹豫的时候，小金就把出租车转让出手了。三天后，小金在二手车市场上给我打电话，说他通过朋友找到两辆轿车，都是五六成新，没有出过大事故。既然小金下了决心，我也没有更好的生计，便跟着他买下一辆二手轿车，开启了黑出租车生涯。

　　跑黑出租车的路数跟跑出租车完全不同。每天上午，我们把车停靠在长途汽车站附近，然后走进车站拉客。拉客比拼的是眼力见儿，得一眼判断出谁是来青岛旅游的外地客人，还得是容易糊弄的主儿。攀谈上之后，要掏出一张青岛旅游地图，询问客人都想去哪里玩儿，然后连车带导游报价给客人。报价只有底线，上不封顶。我们的底线是三百元，低于三百元，去掉油钱和工夫钱就无利可图了。小金的一个朋友曾经拉过三个宁波人，报价一千元，还价给八百元，算是黑出租车里的天价了。大多数出门旅游的人，提防心都很重，生怕上当受骗。于是，作为女性的优势便凸显出来，我几乎每天都能拉到包车的客人，有时候甚至被同一拨客人连续包车两天或三天。

不管是包车两天还是三天，都比不过拉客人去崂山的肥活儿。去崂山旅游得买门票，一人六十元。时间久了，每个跑黑出租车的司机都跟检票处混得很熟，可以不买门票带客人进山，但是要给检票处的人好处费。如此一来，拉上四个客人进崂山，不仅能赚到路费，还能赚到二百四十元门票钱。如果客人是出手阔绰的主儿，还可以把崂山的海鲜介绍给他们，把客人拉到景区的餐馆里就餐，至少能够拿到餐馆 50% 的餐费提成。有的餐馆提成甚至到了 80%，其宰客力度是肉眼可见的狠。

有一天，我拉到三位进崂山的客人。偏巧我倒霉，赶上我熟悉的检票员都轮休，只能由客人亲自买门票进山。没有赚到门票钱，我只好游说客人去餐馆吃海鲜。三位客人似乎对旅游地区的伎俩谙熟，说他们随身带了食品，绝不会进旅游景区里的餐馆。没有赚到进山门票钱，也没有赚到餐费提成，我只好在景区里等待出山的客人租我的车，如果车子放空回城，今天就亏大了。把车开进停车场，太阳把驾驶室晒得热烘烘，我落下四面车窗玻璃，半躺在驾驶座位上闭目养神。不知不觉中，我沉沉睡去，等我醒来时，已是下午四点钟了。四点钟的崂山景区变得冷冷清清，与熙来攘往的上午相比，简直就是两个世界。今天运气实在太差，看来只能放空车回城了。就在要启动汽车引擎的时候，我忽然发现对面还停放着一辆越野车，挂着临沂的汽车牌照。数年前的阴影一直在我心里挥之不去，开出租车这些年来，我只要看到临沂牌照的车辆就会心生不快。那一刻，一个罪恶的念头在我心里升腾起来。我从汽车脚垫下面取出一根烤肉串用的铁扦子——这是我平时防身用的。铁扦子后端被圈成扁环状，便于用手把握，我平时放在脚垫下面以备不时之需。我走到越野车旁，看到车里和四周无人，便把铁扦子用力扎向轮胎，随后传来"扑哧"一声响动，轮胎迅速瘪下去。我悄悄回到车里，脑补着车主更换备用轮胎的画面，心里有快意恩仇的舒爽感。对啊，车主换上备用轮胎就解决问题了，只不过是耽误一点儿时间而已。于是，我再次下车，走到越野车旁扎破了第二条轮胎。就在要转身离去时，我听到身后传来说话的声音，果然是临沂口音。我赶忙把手中的铁扦子扔进灌木丛里，转头看到两男两女说着话走过来。我装作接听手机的样子，若无其事地走开了。一位女士突然叫喊起来，说两条轮胎瘪了。另一位男士骂起来，说肯定是被人扎了轮胎，要不不会两条轮胎都瘪了。一时间，四个人没了主意，只在原地骂骂咧咧。我回到车中，启动引擎准备离开。也许是发动机的声

　　　　　　　　·总有春光堪回首·

音提醒了他们,一位留着长发的男士朝着我飞快地跑过来,我心里顿时紧张起来:难道他们觉察出是我干的?

那位男士非常绅士,跑到我的车前,笑容可掬地问这附近有没有修补轮胎的地方。听到长发男士的询问我才放松下来,说十公里外的沙子口镇上才有补胎的汽修厂。长发男士面露难色,接着问道:"你能不能拉上我们的两条轮胎去汽修厂帮我们补胎?"我迟疑着没有作答。长发男士说:"我们可以付钱给你,你看多少钱合适?"做贼心虚的我其实没有赚钱的想法,只想赶紧离开。长发男士接着问道:"给你两百元,够不够?"我说:"够了。你们现在也饿了,我可以拉你们到前面的餐馆里用餐,你们吃完饭,轮胎也差不多补好了。"

那天晚上,当我把修补好的轮胎送回去时,餐馆老板给了我四百六十元的餐费提成。装好轮胎后,长发男士又给了我一百元,说是感谢费。接过那一百元时,愧疚之情弥漫于我的脸上,我感觉到耳根子都在发热。是啊,我在临沂的遭遇,与眼前的四个人又有何相干?

6

扎轮胎这件事,在我心里翻来覆去折磨我许久,我觉得自己已经快变成另一个人了,一个让自己讨厌的人。有一天,我把这件事坦白给小金,小金听完愣了片刻,然后拍着我的肩膀大声叫好,说我真是一个天才。我说:"我是带着赎罪的心情说这件事情的,你怎么还能夸我是天才?"小金说:"扎一条轮胎是损人不利己，扎两条轮胎不仅能赚钱，还能收感谢费，不是天才是什么？"自此之后，我经常听说崂山景区停车场里有外地车辆轮胎被扎，而且都是扎两条轮胎。一直到停车场装满监控摄像头，这种事才得以杜绝。

　　那一年的暑假，青岛旅游进入高峰期，外地人潮水般地涌入青岛，市区沿海一直到崂山全线塞车。一个周六的中午，我拉上两名进崂山旅游的西宁客人，途经大麦岛的时候发现一辆挂着临沂号牌的旅游大客车停在路边。我鬼使神差般停下车，走过去询问大客车司机是否需要帮助。大客车司机说他们是临沂某镇办企业的员工，原本打算进崂山旅游，可是听说进山门票一人六十元，觉得太贵了，他们停在路边正在商量要不要去崂山。出于对上回扎轮胎的愧疚，我对大客车司机说："我带你们进崂山吧，每人收你们三十元进山票钱，怎么样？"大客车上的人商量片刻后，同意跟我进崂山，条件是过了检票处才能给我钱。我爽快地答应了，开着我的车在前面带路，把这辆临沂大客车带进了崂山。大客车上四十九人，我总共收了一千四百七十元，给检票处的人分了五百元，我的纯利润将近一千元。自此之后，我不再去长途客车站拉客人，只在进崂山的公路上找外地来的大客车。多数大客车不会在公路上随便停车，我便拉来小金做搭档，经常上演"公路截车"。小金的车技比我好，他负责超越大客车并截停，我负责跟大客车上的人进行交涉。国庆节当天，我和小金总共截停十六辆外地大客车，成交了九辆，一天赚了将近一万元。

　　　　　　　　　　　·总有春光堪回首·

我叮嘱过小金,不要把这个赚钱的方式透露出去。小金拍着胸脯向我保证,说是打死他都不会说出去。但是,我和小金同时退出长途客车站的竞争,又有熟人经常看到我们俩在公路上截停大客车,同行们瞬间明白了我俩的勾当。接下来,在进入崂山的公路上,经常上演"速度与激情",交通事故频发。此举还被相关管理部门识破,景区管委会联合执法部门开始打击新型的"车匪路霸",抓获、扣留了很多黑出租车。风声稍紧的时候,我便不再出车,还劝小金金盆洗手,不要再冒险。小金说这是个一本万利的买卖,值得冒险。此后不到一周时间,小金便在截车现场被抓获,并处两万元罚金,缴清才把被扣留的车辆开回来。

我原本就觉得开黑出租车不是一条正路,值得庆幸的是我及时收手了。如今,经济上稍微宽裕,我决定开一家服装店,做正经生意。在执行力方面,我更像一个雷厉风行的男人,只用了一周时间,我就在中山路租下门店,并开始装修。一个月后,我的服装店热热闹闹地开张了。

7

贝贝读高中了,她已经出落成一个亭亭玉立的美少女,每回陪她出门,她都能招惹来不怀好意的目光。我叮嘱我妈,要看紧贝贝。我妈点点头,说她绝不会让贝贝重蹈我的覆辙……话说到这里,我跟我妈免不了一场口舌之争,然后各自摔门而去。其实,我妈说得没错,我同样是担心贝贝早恋。我就是在高中时期与屠志强相爱的,高中还没有毕业就同居,第二年就生下贝贝。据我妈反映,她已经成功地扼杀了贝贝的一次早恋。我妈说话喜欢夸大其词,她经常把自己描绘成这个家庭的保护神,说如果没有她,我们家早就万劫不复了。每到这个时候,我就会反唇相讥:"你怎么没有保护好我?"

很多时候,我会自我怀疑,我真的爱屠志强吗?他已经离开我十八年了,现在想起来,屠志强的样子很模糊。模糊的不仅仅是他的样子,连他的性格和喜好,我甚至都不熟悉。年轻时候的爱情真盲目啊!我也不会让贝贝重蹈我的覆辙,我决不会答应贝贝在三十岁以前结婚。贝贝生来就是做明星的材料,明星要照顾粉丝的情绪,怎么可以在三十岁以前结婚?

我的服装店原先雇用过两个小姑娘,都是高中毕业后就出来打工的,也都早早开始谈恋爱了。我给她们提出过忠告:这个年龄不要恋爱,因为她们还不知道自己想要什么。那个叫小水的姑娘听话,很快跟她的男朋友分手了。另一个叫小云的姑娘有点儿倔,爱上一个有妇之夫。这种爱情除了偷情的刺激,陷得多深痛苦就有多深。他们偷情半年分手了,小云寻死觅活闹腾好几天,最后把工作辞掉了。其实,我本来也要辞退她,因为我的小服装店已经雇不起两个员工了。这两年网购越来越普及,实体店十有八九倒闭,我的服装店也是苟延残喘,除去房租和两个姑娘的工资,几乎赚不到钱。大多数人来到店里只是试穿,然后记下款式和型号,再去网上搜同款购买。用前些年跑出租车赚的钱,我买了一套二手商品房,剩下的钱全部用来投资服装店。如果没有更好的商业模式出现,我的服装店关门是迟早的事儿。

随着贝贝高考临近,花钱的地方越来越多。我陪着贝贝到北京接受艺考辅导,每堂辅导课都价格不菲。为了提高艺考的保险系数,我不得不卖掉青岛的二手商品房,给神通广大的安教授送上六十万元"保险费"。卖房子办过户手续,是小金陪我去的。小金说我不是在培养孩子,而是在拿孩子赌博。小金说得没错,我已经陷入"贝贝要成为明星"的执念,就像我当年执意要生下贝贝一样。小金劝我不要卖房子,他说可以借钱给我。我不想借小金的钱,因为我心里对这场赌博的输赢没有底。而且这些年来,小金向我求过两次婚。最后一次求婚,我答应了小金,条件是等贝贝成为明星。

贝贝终究没有辜负我的辛苦,她如愿考上了国戏表演系。在贝贝接到录取通知书那天,我和妈妈经过简单商量,决定陪着贝贝一起到北京读书。因为贝贝将来要成为大明星,我有责任保护好她。

8

我放下爱情,放弃婚姻,抛开自己的生活,几乎把自己半辈子人生全都给了贝贝,可我觉得,我和贝贝的距离越来越远。如今的孩子都染上白眼狼的特性,不管父母为孩子付出多少,都换不来他们的满意。我跟很多家长交流过,他们孩子的状态跟贝贝差不多,有的孩子甚至还离家出走,原因是自己在家里快被逼疯了。时代真的变了，我们那一代根本得不到父辈的关照和爱护。于是，我的同辈们大多数接受教训，给予自己的孩子无微不至的关照，却换来更多的冷漠和抵触。

贝贝跟我交流不多，她的性格偏内向，这一点不像我，更不像她爸爸。我们的矛盾发生在贝贝收到录取通知书那天，她得知我和姥姥要去北京陪读，便开始爆发了。贝贝一边哭一边说着气话，说她努力考上大学，就是想摆脱我和姥姥的控制。这句话让我很伤心，姥姥也一样不理解。这些年来，我和我妈妈的所有心血都用在了贝贝身上，到头来，她竟然要努力摆脱我们……贝贝难道一点儿都不体谅一个单身母亲的艰辛吗？贝贝说她体谅我，也心疼姥姥，但她不想要，更不会为此感动。贝贝对姥姥说："你不懂爱，也没有给过妈妈爱。"贝贝接着又对我说："你没有得到过爱，所以你不知道怎么爱。"我驳斥贝贝说："我对你好就是爱。"我妈妈也附和我的观点，说她对我和贝贝好，就是对我俩的爱。

贝贝最终没有拧过我和姥姥，我们一家三口去了北京，开启了全新的生活。

北京的生活成本很高，我必须出去赚钱，不然我们三个人会坐吃山空。青岛的服装店半年前就关门了，我们家等于失去了所有经济来源。北京的出租房刚刚安顿好，贝贝去学校报到，我便出门去找工作。我的高中毕业文凭，在北京这样的大都市里只能在底层找工作。即便是一份底层工作，我也足足费了三天时间才在距家不远的一家湘菜馆面试成功。在湘菜馆做服务员,试用期月工资只有三千五百元,还不够交房租的。蚊子也是肉,总比我待在家里闲着好。我是一个努力上进的人,凭我的工作能力和半老徐娘的姿色,三个月后干到领班不是问题。当上领班,我就能拿到五千五百元的月薪,抵销房租还略有盈余。

人生不如意十有八九,我在湘菜馆里干了半年,只拿到转正的服务员工资,每个月四千五百元。领班是一个比我年轻也比我漂亮的女孩,据说是老板的小情人。如此看来,我在这家湘菜馆干到领班是件遥不可及的事儿。就在我准备另谋出路的时候,发生了一件令我意想不到的事情:贝贝和她的同学来湘菜馆吃饭。那天晚上的境况实在尴尬,我和贝贝都没有勇气相认打招呼。不敢相认也就罢了,我还把菜汤弄到了贝贝同学的衣服上。那个女同学对我出言不逊,贝贝不仅没有出来阻止,她的身体语言还告诉我:她站在女同学那边。那天晚上,我的心里五味杂陈,酸涩到落泪。正如贝贝事后对我说的话:"北京那么大,你为什么非要在这家餐馆端盘子?"

9

于是我加入了送外卖的行列。据说外卖员队伍里,有十几万本科毕业生,甚至还有研究生。送外卖是一个全靠自律的工作,只要咬牙坚持接单,每个月都有一万元出头的收入。最多的一个月,我挣了一万三千一百元。可令我寒心的是,我送了一年多外卖,贝贝才想起来问我一句:"送外卖是不是很辛苦?"那天是周日,我早晨起来,穿上公司统一配发的制服准备出门。贝贝拦住我,说她想买一套卫衣,向我要两千元。我问道:"网上的卫衣也就一两百元,你怎么要两千元?"贝贝说她要一套名牌卫衣,最便宜的需要两千元。我说:"你现在还是学生,为什么非要穿名牌?"贝贝说:"同学们都穿名牌,我也不好意思穿得太寒酸。"我暗自叹口气,说:"我给你微信转账。"说完,我背上保温箱推开门,贝贝在我后面问道:"送外卖是不是很辛苦?"那一刻,我的眼泪涌出眼眶。我没有回答,只是把防盗门轻轻关上。

贝贝的开销越来越大,因为她要购买高级服装和化妆品,时不时还要买个名牌包。其实,我能理解这些开销是必须的,所有明星都需要外在的包装。我让贝贝走上这条明星之路,我就得咬牙支持她。为此,我又兼职了一份工作——做代驾。做代驾不像做服务员和送外卖那么简单,要经过各种考核和审查,考核、审查通过后还要接受培训。经过一个月的考核、审查和培训,我终于拿到代驾资质。送外卖的时候,我骑的是一辆带后座的电动车,后座上可以绑保温箱。做代驾不能骑那么大的电动车,必须是可折叠的小型电动车,这样才能把它放进代驾车辆的后备厢。为了不增加开销,我去二手车市场卖掉了大电动车,加三百元换了一辆可折叠的小电动车。换车后,送外卖的保温箱无处安放,我只能背在后背上。背着保温箱送一天外卖,到了晚上,两个肩膀酸痛难忍。可我不能休息,因为晚上是代驾高峰,代驾要比送外卖赚钱多。兼职的第一个月,我的收入超过两万元。我妈是我们家的财务总管,我把两万元交给她的时候,她的眼光有些诧异。妈妈问我,这个月为什么收入这么多。我不想让妈妈为我担心,因为她总说我脸色不好看,让我每周休息一天。我敷衍着妈妈,说这个月接单多一些,也就挣得多。

代驾的确是一个辛苦活儿,每天晚上都要干到后半夜。一次代驾接到一位女士,要去西五环的远洋山水小区。那位女士酒喝多了,上车便开始睡觉,到了远洋山水小区后我死活叫不醒她。我们平台有规定,必须把醉酒的客人送到家才算结单。叫不醒女客人,我只能在小区门口守着。最后,小区的保安实在过意不去,通过物业查找到车号,才找到女士家的门牌号。这一单从接单到结单,整整用了四个小时,我回到家里,天已经蒙蒙亮。有一天晚上,我代驾去了怀柔,回程走到半路上,电动车没电了,我只能蹬着车赶路。蹬到枯柳树环岛,一辆出租车在我身边停下来,司机问我是不是回城,我喘着粗气冲着出租车司机点点头。司机说:“你上车吧,我载你回城。”我说不用了,打车回城等于这一单白干了。出租车司机说:“咱们晚上干活儿的相互帮衬,你象征性地给我十元吧。”坐进出租车里,身体虽说很疲惫,但心里还是温暖了很多。

我接到的最远的单,竟然代驾跑到沈阳。那天晚上,我在烤鸭店门口接了单,客人喝了酒,因为有急事必须当天晚上回沈阳。跟客人商量好后,我先开车回家放下折叠车和保温箱,然后再送他去沈阳。因为担心吵醒妈妈,我没有进门,只是将电动车和保温箱放置在走廊里就下了楼。沈阳的客人很绅士，不仅帮我搬电动车和保温箱，还主动支付了我回北京的高铁票钱，这让我心里很受用。一路上很顺利，把沈阳的客人送达目的地，我当天便乘坐高铁回到了北京。那天，我回到家，看见妈妈脸色不好看，她质问我昨天晚上去了哪里。我已经身心俱疲，只想躺下睡觉。妈妈却不依不饶，追问我是不是在外面做什么见不得人的事儿。我抱起枕头和被子，躲到贝贝卧室的床上。关门的时候，我已经睁不开眼了，对妈妈说："我接了一个很远的单子，求你别唠叨了，让我睡会儿觉吧。"

10

送外卖的时候，偶尔路过家门口，我真的很想回家睡一觉。到北京四年了，除了有一回感冒发烧，迷迷糊糊地昏睡了两天外，清醒的时候，我几乎没有睡过一个懒觉。好在贝贝马上就要毕业，毕业后就有戏拍了，她离成为明星越来越近。等到那个时候，我一定要昏天黑地地睡上一个星期的觉。就贝贝的成长之路来说，我算是看见曙光了。是的，我应该让自己放慢脚步，别再像以前那么拼命了。想到这里，我停下电动车，放下保温箱，坐在路边的长椅上歇息。不远处的灌木丛里，一株玉兰花已经露出白嫩的花苞，北京的春天到了。一阵困意袭来，我躺在长椅上，头枕着保温箱合上了眼。在北京的街头，我居然做起了白日梦，梦见贝贝穿着红艳艳的晚礼服，走在红地毯上，四周全是闪光灯和尖叫声。我拥挤在贝贝的粉丝中，使劲儿地挥动手臂，嘴里喊着贝贝的名字。贝贝冷艳的眼神扫过我，像是不认识我一样，一转身继续往前走去。我在梦里寻思着：你当年读书的时候跟同学在一起不认妈妈也就罢了，如今成了大明星还不认妈妈！这么一想我就来气了，忍不住使劲儿喊道："贝贝，我是你妈！"

这一声喊完，我也把自己给惊醒了。醒来后，我发现脑袋边竟然有一杯咖啡，我摸了一把还是温热的。我抬头望向四周，大街上都是行色匆匆的人。端起咖啡，我"咕咚咕咚"喝下两大口，是我喜欢的焦糖玛奇朵。喝咖啡的时候，我的眼角是湿润的。这些年来，我见过很多人渣，也遇到过很多温暖，我想这也许就是很多人的人生：泪水伴着甜蜜，绝望交织着希望。

端午节到了，我本想休息一天，一家人好好过个节。贝贝现在处于毕业实习阶段，她没有找到拍戏的机会，整天闲在家里。早晨，我征求妈妈和贝贝的意见，要不要一起过节。贝贝说她晚上有个饭局，不能在家过节；妈妈说寺庙里有活动，也不能在家过节。既然她们两人都有事儿，我也只好继续出去送外卖、做代驾，每逢节假日都是我最忙的时候，也是最赚钱的日子。

端午节那天的白天，我接了二十七单，除了九单饮品和美食，其余单子都是送粽子，一直送到晚上十一点多。因为是端午节，平台当天对派送粽子的单子每单补贴三元，所以我那天没有着急去跑代驾。

　　送完最后一单粽子，我刚打开代驾平台，便有一个烤鸭店的代驾派单，是送客人去西四灵境胡同。我如约赶到烤鸭店停车场，从服务员手里接过车钥匙，这是一辆名牌越野车。这些年来，我几乎开遍了所有豪车，这辆当然也不在话下。我把工作台布铺进后备厢，然后把我的折叠电动车和保温箱放进去。越野车的后备厢里放着两箱茅台酒，还有五六条中华牌香烟，这些奢侈品几乎是所有豪车的必备品，我也是见怪不怪。

　　我把车开到烤鸭店门口时，看到了出乎我意料的一幕：贝贝和一群男男女女站在门口。我赶紧在心里祈祷，千万别让贝贝看到我。其实，我的担心有些多余，晚上车外的人很难看清车内的人。看到客人们纷纷散去，一个矮胖的中年男人拉开越野车右后车门，居然伸手让贝贝上车。贝贝似乎有些迟疑，但她还是上了车。天哪！怎么会有这么巧的事情，我端盘子做服务员的时候，赶上贝贝和同学去我打工的餐馆吃饭；我做代驾的时候，赶上贝贝和她的朋友上了我代驾的车……我甚至都忘了公司的培训规定，要向客人问候，还要提醒客人系好安全带。还好，贝贝和她的朋友都没看我。这很正常，大部分客人都不会多看代驾一眼。为了避免尴尬，我始终没有出声讲话，只是按照平台导航路线开车。让我奇怪的是，现在已经是晚上十一点半，贝贝不回家去灵境胡同干什么？

　　就在这时，我从后视镜里看见那个矮胖的男人把身体靠近贝贝,并对贝贝说道:"贝贝放心好了,今天晚上只要让我开心,这个戏的女二号就是你了。"贝贝非但没有反感,反而对矮胖男人说:"谢谢潘总。"贝贝说完,那个潘总就把脑袋凑过去,他居然要亲贝贝的嘴。我赶紧踩了一脚刹车,才阻止了潘总亲到贝贝,当然也换来了潘总一通训斥。我没有道歉,也没有开口说话,继续往前开车,按照导航路线开上西直门立交桥。这个时候,潘总再次把头凑向贝贝说道:"一般人进不了我的私人会所,一会儿到了那里你就知道了,知道什么叫作奢华,什么叫作成功的人生。"

贝贝这次没有做任何回应。潘总接着问道:"你现在有没有期待马上进入我的私人会所呢?"贝贝说:"很期待,我更期待了解潘总成功的经历。"潘总哈哈大笑,伸手揽住贝贝的脖子说道:"今天晚上要跟你分享的不仅仅是我成功的经历,还有你意想不到的惊喜呢。"

听到这里,我全身的血液涌上头顶,我心中的怒火像是要把全身的热血点燃。就在今天早晨,贝贝说有应酬的时候,我还在自责:我没有能力帮助女儿进剧组拍戏,她自己努力寻找机会,我应该全力配合并支持。但是,我绝不允许女儿通过这种方式换取拍戏的机会,绝对不可以!女儿被我们好好地保护了二十四年,凭什么被这个"猪头"祸害!就在此刻,我从后视镜里看到潘总把贝贝搂进怀里,另一只手则伸向贝贝的胸口……我再也来不及做任何思考,因为怒火已经把我的血液煮沸。我咬紧牙关,把方向盘迅疾打向右边,越野车庞大的身躯撞向水泥护栏。"砰砰砰"数声响动,车内的安全气囊瞬间打开。我瞥了一眼后视镜,后座上猪头一样的男人松开了贝贝,两个人被前排座椅的靠背弹回到后座上。我长长地吁出一口气,感觉浑身瘫软。是啊,我太累了。不远处的后方,一辆闪烁着蓝色警示灯的救护车疾驰而来……